婚活刑事——花田米子の絶叫

安道やすみち

TO文庫

目次

婚活刑事——花田米子の絶叫

プロローグ

「仕事はなにしてんの？」

「あ、仕事ですか……？」

「そうそう。もしかしてどっかのアパレルのブランドとか？　サマースーツ、すごく決まってるし」

「あー、そ、そうですね。公務員を少々……みたいな？」

「へー！　じゃあすげぇ安定してるんだねぇ！」

誤魔化してしまった。好みドンピシャなイケメンを前にして言葉を濁してしまった。

細い目に鼻筋の通った顔、ウェーブのかかった長い髪と短い髭が、野武士のようにも思わせる。芸能人と言われても疑わないほど整っている。これほどの上玉は今まで出会ったことがなかった。それなのに花田米子《はなだよねこ》は自分の職業を曖昧にしたのだ。

（大体「公務員を少々みたいな？」ってどういう言語能力だよ！）

彼女は自分にツッコミを入れながら、激しい罪悪感に襲われた。思わずボブカットの毛先をいじりながら身をすくめてしまった。

仕事が恥ずかしいわけではない。むしろ誇りに思っている。

だが、非常に言いづらい。

ここは大阪は梅田にあるイタリアンレストラン。帰宅途中のビジネスマンやＯＬが気軽に寄れるお洒落な空間。流行を追う雑誌でも紹介されている評判のお店。身分も男女も関係ない。楽しくお酒を飲んでお喋りする場所。

米子はそこで小さなパーティーに参加していた。その最中に自分の職業をばらそうものなら、一瞬にして場が醒めてしまうだろう。

絶対に空気が読めない子に認定されてしまう。

それだけは避けたい。

避けなければ結婚どころかモテさえしない。

だが米子は嘘を吐くのも嫌いだ。けれど、今はモテることが最重要なのである。

なぜなら、今、米子が参加している小さなパーティーとは、一世一代の勝負を賭けた合コンなのだから！

「いいね、公務員って。真面目でしっかりしてそうなイメージ。ちょっと尊敬しちゃうなぁ！」

野武士風イケメンがワイルドに微笑みながら褒めてくれる。

「ま、まぁ、そんな、しっかりしてるわけでもないですけど、ね？」

米子は心の中で大好きな暴れん坊吉宗、大岡越前守、銭形平次、新撰組の皆様方に謝る。帰ったら各ポスターに土下座の勢いだ。

（すみません、ごめんなさい！　でも、米子も人間の乙女なのです！）

追加のシャンディガフを頼み、酔いを加速させ、己を騙す。

ただ、嘘は吐かない。

（米子よ。誤魔化すのだ。誤魔化しきるのだ！）

正直なことも大事だが、結婚も大事。

米子の仕事は目の前のことに全力を尽くさなければならない。だとしたら、結婚に対する姿勢も同じように力を振り絞るべきだろう。

「いやぁ、料理のとりわけとか、ちょっとした言葉からその人のこと考えられるとか、ほんと凄いしっかりしていると思うよー。さっきもオレがエビ嫌いだってすぐ気づいてたでしょ？」

そこは本気を出しすぎた部分でもある。米子は日頃、些細なことに着目し、真実を見つけ出す必要があった。この『気づき』なしでは仕事も成り立たない。

ちなみにエビが嫌いだと見抜いたのは、映画『エイリアン』の怪物がトラウマだと聞いたからだ。その怪物は甲殻類のようでも、巨大な昆虫のようでもある。そこから鑑みてエビが苦手ではないかと推測した。

逆に米子の『気づき』に気づいてくれる野武士もできる男だ。この人にも『気づき』がある。こんな人がパートナーであれば心強い。ぜひ、もっとお近づきになりたい。

「じゃあ、一次会はこのくらいで……で、けっこう盛り上がってたと思うんですが、このまま二次会とかどうですかね？」

周りの空気と時間を察して野武士イケメンが提案してくる。空気が読めるということは、人の感情も読めるはず。どちらも他人への共感がなければ難しいことだからだ。きっと自分が悲しいときには一緒に泣き、つらいときには一緒にがんばり、嬉しいときには一緒に喜んでくれるに違いない。

それに武士の匂いがするイケメンは米子の大好物。人を見た目で判断はしないが、やはりイイものは良い。美しい精神には美しい外見が伴うという言葉もある。武士っぽい顔には武士っぽい精神が宿るはずだ。

年収はどのくらいだろう？　出身はどこだろう？　仕事は、趣味は、家族構成は？

変な宗教にはまっていないだろうか？　女性に求めるものはなんだろうか？　真剣に交際してくれる人だろうか？　自分の仕事に偏見をもってはいないだろうか？　結婚したあとも働かせてくれるだろうか？　長男？　次男？　子供は何人欲しがるだろうか？　そもそも子供は好きだろうか？

なんだか人間の価値を値踏みしているようで気持ち悪いが、本気で結婚を考えるなら当然、考慮すべきことだ。

もっとこの人のことを知りたい。話をしたい。自分と価値観を共有できる人なのかを確かめたい。

一次会は席替えがほとんどなかった。野武士イケメンと話せる位置に来たのが遅すぎたのだ。お陰でほとんど話せてない。

久々の上玉、心のときめき、充実する結婚へ注ぐパワーを無駄にしたくない。

もったいなさすぎる。勝負を賭けた合コン。本番はこれからだ。

「はいっ！　花田米子、二次会出席します！」

「今日どうだった？　私、大丈夫だった？」

夜も更け、合コンは無事に解散。その後、一緒に参加していた女友達の小西弥生《こにしやよい》と、反省会という名の三次会へ行った。行きつけの店でと思ったが、あいにく営業終了時間である午後一〇時を回っていた。

米子も小西も神崎川という地域に住んでいるので、近場の十三《じゅうそう》にある焼き鳥屋を選んだ。高架下にあり、やたらと騒音の大きい場所だったが、炭焼きである上にお安いのが魅力だ。

カウンター席に二人で陣取り、焼き鳥を数本頼む。新しい出会いを成功させようとがんばったご褒美にビールをたらふく飲みたかったが、さすがにこれ以上は明日の仕事に障ると思い、ウーロン茶にした。

隣に座る小西は身長一五三センチと小柄だが、見た目は派手だ。茶色の長い髪を後ろで結い上げ、銀の指輪をいくつかはめている。ネックレスは十八金。ちなみにピアスについている宝石は天然ダイヤだとか。当然、男からの貢物である。ギャル、いやホステスという感じの女の子だが、これでも米子と同じ公務員だ。

知り合ったきっかけは、以前に彼女が合コンへ誘ってくれたからだ。ちなみに今晩の合コンも彼女がセッティングしてくれた。どうせ前みたいに同じ職場の人が集まるのだろうと思っていたが、毛玉を積み上げたような頭の女の子を連れてきた時は、さすがに度肝を抜かれた。生きている世界の違いを思い知った。

年齢は彼女の方が五つ下だが、恋愛経験についてかなりの差があった。

米子は二十八歳にして交際経験ゼロ。男友達は多かったが、恋人にしたいと思う相手には常に片思い。それも悲劇的な終わりを迎え、良い思い出もまったくない。

対して小西はデートだけなら数百回。初めてのキスは幼稚園で初恋人は小学校一年生の頃だったと言う。小西を取り合って男がケンカすることも数十回あり、貢がれた金額は家が三軒買えるほどになるとおっしゃられていた。

まさに月とすっぽん、泥舟と超ド級戦艦並に差がある。

「八点？」

そんな彼女からのありがたい採点。さすがに一〇〇点中、八点ということはないだろう。

「……一〇点中？」

そう聞き返すと小西は軽く握った左手を自分の鼻に添え「んー、二〇点ちゅう？」と返してきた。

「また微妙な……」

「そやかてヨネちゃん、あかんよぉ？　話の聞き方が仕事みたいになってたもん」

「あ、う、うん……反省します」

　確かに参加者に行動の具体的な時間や裏づけを取ろうとしたのは失敗だった。お酒が入っていたとは言え、油断しすぎた。イケメン野武士に褒められまくり、調子にのったのもある。

「ヨネちゃんは美人なんやから、そこ気ぃつけてたらすぐ恋人もできる思うよ？」

　鼻を軽く撫でながら小西はそう言う。鼻に指を当てるのは隠しごとをするときの仕草として有名だが、小西はそれを逆手にとって、いつも鼻に指や手をあてるようにしている。その薀蓄を知っている人にはミステリアスさを、知らない人には特徴ある癖として印象づけるために利用しているらしい。根は正直な子なので、さきほどの言葉も本音と思って差し支えないだろう。

　米子は大学で心理学を学んでいたが、そういう使い方を聞かされると、自分は学んだことをなにも生かせてないと、やるせない気分になった。

「でも、二次会参加なんて珍しいよねぇ？　そんなによかったん？」

「うーん、まぁ、合コンも滅多にしないじゃない？　だから機会があればーって」

「ほんまにぃ？」

　覗きこんでくる小西は猫みたいで同性から見てもかわいい。そのつぶらな瞳を前にすると、嘘が吐けなくなるのは自分だけだろうか、と米子はいつも思う。

「……う、う一ん、実はけっこう気になった人がいて……」

「やぁ、ほんまー!?　ええやん、どの人なん？　協力するえ？」

「いや、うん、玉城さん……って判る？」

「あのイケメンさんなー。そんなええ人のアドレスとかラインとか交換したん？」

「一応、メアドは交換したよー」

「おー、やったやん！」

「まぁ、まだ上手くいくか判んないけどね……そういう弥生は？」

「うーん、ウチ的には、いまいちやったからねぇ」

「そうなの？」

「みんな貧乏そうやったやん？」

「あ、うん……そ、そうね？」

小西が合コンをよく開く理由。それは彼女の狙いが玉の輿だからだ。ちなみに相手に求める年収の最低ラインは三千万円らしい。

（実際、モテるもんなぁ、この子。あと若いし……なんやかんやで、捕まえちゃうんだろうなぁ）

米子は良いお嫁さんになるために料理を習い、プロポーションを保つために筋トレ、武芸一般、水泳、ピラティス、ヨガなどの努力を地道に積み重ねている。毎日の勤務にも真面目に取り組んでいるし、教養を身につけるために暇さえあれば本も読む。武士風のイケメンには弱いが年収や顔の造詣にこだわりはないし、異常な趣味、狂信的な信仰でももたない限り偏見もない。寛容と努力が人の皮を被っていると言ってもいいほどなのだが、縁には恵まれなかった。

去る今年の四月十三日。仕事帰りに中学時代の友達から「お誕生日おめでとう！」と言うメールが来てやっと、自分が二十八歳になり、また一歩、三〇歳に近づいたと実感した。パーティーもなにもない静かな誕生日だった。神崎川にある、おんぼろの宿舎に帰って洗い物をしながらハッピーバースデイトゥーミーと歌い、インターネットでケーキの画像を検索して「おいしそうだなー」と呟いた後で、はたと三〇歳までに子供を産めるのかと気になり、こっそり逆計算をしてみた。

妊娠期間は十月十日。週で言えば四〇週。日数で言うと二八〇日と言われている。つまり、少なくとも三〇歳の誕生日から二八〇日前には妊娠していなければならない。計算の結果、タイムリミットは二十九歳の七月七日――七夕だ。それまでに恋人を作り、結婚し、妊娠しないと、間に合わない。

何故三〇歳かと言うと、体力が落ちはじめ、出産に至っては分娩時間の長時間化、妊娠高血圧症候群や妊娠糖尿病になるリスクの上昇、その他、若干であるが卵子の染色体異常率上昇が認められるらしいからだ。その上、出産後にも体型が戻らない、体力が戻らないという話まである。

結婚式は後にして、とりあえず籍を入れるだけでも構わないとしても、残りは一年とおよそ三ヶ月しかない。日数にして四五〇日だ。

血の気が引いた。

その事実に気づいた瞬間、米子の結婚したいという気持ちに火がつき、三〇歳までは結婚する活動――いわゆる婚活に全力を注ぐことを決めた。

そして今、五歳年下の恋愛免許皆伝にダメ出しをされている。

どこで差がついたのか……

（顔の造形、体格、性格、運……つまり、生まれからか……）

考えると悲しくなってくる上に、頭が痛くなってくる。

「あー、ごめ、ちょっとお手洗い行ってくるね」

気分を変えるためにも一旦、席を外すことにした。

「あーい、あんじょうきばってやー」

「お気遣いどうも」

洗面所で化粧を確認する。ふと鏡の脇に置いてある小さな額が気になった。中に『やればできる』と達筆で書かれている。

「……お気遣いどうも」

そうだ、自分はできる。今日もいい出会いをした。これ以上ないくらいに好みドンピシャだったではないか。この恋を上手く育めば、きっと七夕のゴールインには間に合うはずだ。

（がんばれ私。きっと今度はいける！　不安になるな！　がんばれ米子！　お前は強い。恋を成就させる力がある！）

鏡に向かって念じ、自己暗示をかける。これで気合を入れ直すのだ。脱力していた体に少しずつ活力が戻ってくる。

そのついでに化粧を直し席に戻った。小西は携帯をいじっている。さっそく誰かにメールをしているのだろう。さすがマメなだけはある。

「さっきの人？」

「おかえり。ちゃうよー。別の人。そういえばヨネちゃんにもメールきとったで？」

「あ、ほんと？　ありがと」

カウンターに置き去りにしたスマートフォンを確認すると、さきほどのイケメン玉城からお礼のメールが来ていた。丁寧な文面でお礼が書かれ、最後に『またお会いできるのを楽しみにしております』と締めくくられていた。

無理に押してこないところが憎い。野性味がある中で紳士とは、米子の恋のツボは刺激されまくりだ。つい笑顔になってしまう。

「なに～？　ええ感じなん？」

「い、いやー、どうだろう？」

やればできる。この恋こそ、本物の運命に違いない。

彼氏いない歴二十八年独身。花田米子は言葉ではぼやかしながらも、確かな手ごたえを感じていた。


翌日。

大阪城の近くにある仕事場に出勤した米子は、気分よく先輩にお茶を出していた。

「はい、宮谷さん」

「おう。すまんな米子」

がっしりした体格にオールバックの宮谷博之《みやたにひろゆき》は課長補佐。暴力団組員だと思えるほどの迫力を持っている。実際、言動も乱暴なため、苦手な人も多い。反面、その決断力、意志の強さ、力強さは頼りになる。イメージするならスマートなゴリラだろう。その近くで小動物のように怯えて暮らしているは課長の塚本樹《つかもといつき》。実際、身長が米子より五センチも低いのでリスのような印象がある。

「課長は砂糖三個のコーヒーでよかったですよね？」

「あ、ど、どうも……ありがとうございます」

いわゆるエリート。三十四歳という若さで課長なのだから、キャリア官僚としても、そうとう優秀だと言える。けれど、元の性格のせいか、いつもビクビクしている。現場の指揮もほとんど宮谷が取っているので、事実上お飾り課長だと言えた。

「……ところで、村上さんと藤岡はどこに行ったんですか？」

二人のお茶も淹れているのに、このままでは無駄になってしまう。

「あっ、朝から宮谷さんがどこかに行くように指示を出してたよ？」

村上高志《むらかみたかし》は勤続四〇年のベテランだ。ただ、セクハラが酷い。たぶん、コミュニケーションと思っているのだろうが、方向性を間違っている。恰幅が良く、頭には白髪が混じっているおじさんで、かもし出す雰囲気は、どこかの落語家に似ているので、心の中ではエロ師匠と呼んでいた。

藤岡は最初の配属先から一緒だったこともあり、それなりに長い付き合いだ。男のクセに躑躅《つつじ》という可愛らしい名前だが、性格は最悪。嫌味ばかり口にするうえに、空気も読めない。顔は整っているがマネキンのようにいつも同じ表情をしている。まるでアンドロイド。結婚相手としてはゼロ点だ。数字にまつわるネタが大好きで、この間も愛用のメガネをつつきながら、欝になるようなデータの話をしてきた。

なんでも二〇一〇年の時点で二十五〜二十九歳で結婚している女性の割合は四割。対して三〇〜三十四歳になると七割が結婚している。その間の差は三割。単純計算すると、二〇台後半から三〇台中盤にかけて年に全体の六パーセントの人だけが結婚しているのだとか。

つまり、一〇〇人いたら、年に六人ずつしか結婚できていない……というわけだ。知るかほっとけ状態だが、言われると気になってしょうがない。後でクジに譬えて計算してみたが、当たってない人だけが当たるとするなら、五〇パーセントの確率で当選できるはずだ。いける。まだいける……はず。

このように個性的な面々が集まる職場だが、それには理由があった。

「はいはい、こっちやでー」

そのとき、村上の子供をあやすような声が聞こえてきた。出先から戻ってきたようだ。

藤岡も一緒だ。その二人の間にはパーカーを着た青年が一人。俯いて顔は判らない。

「おーう、ご苦労はん。どうやった？」

宮谷が楽しそうに笑いながら青年に近づいた。

「はい、ご指示通り真っ黒でしたよ」

藤岡が男のフードを取ってみせる。

「……え、えっ!?」

それに驚いたのは他でもない米子だった。現れた顔は昨夜の合コンで一緒だった男。

「た、玉城さん……？」

これが運命の再会というものだろうか。

「……あ、花田……さん？」

視線が合い、胸が高鳴る。

耐え切れず駆けつけ、彼の手を取った。

そこには、銀色に鈍く輝く手錠がかけられていた。

もう一度、よく見て確かめる。

確かに、手錠だ。

「……てめぇ！　くそ、このアバズレ、騙しやがって！」

いきなり玉城から罵声を浴びせられ、米子は思わずよろめき、後ずさりした。きっと何かの間違いだ。あのワイルド野武士風イケメン玉城が罪を犯しているだなんて、冗談に違いない。

「こ、この人がなにしたんですか？」

真相を確かめるべく、宮谷に聞いてみた。

「んー？　なんやっけ？」

「監禁、強姦、殺人未遂容疑でしょう。あとは公務執行妨害です。余罪として恐喝、窃盗もいけると思われます」

「ん、藤岡がそう言うならそういうことや」

米子の思い描いていた未来——今日の夜には「今度、デートでもしませんか？」のメールが入り、週末、初めての二人きりデートへ。やはり理想的には朝、梅田の待ち合わせスポットである大きなテレビジョン『ビッグマン』前で待ち合わせ。彼より二〇分先に到着し、その間、ドキドキしながらも二〇分も早く来たんだから、来なくて当たり前と思いつつ、早く来てくれないかなとワクワクするのを楽しみ、意外なことに相手も二〇分早く到着して凄く幸せな気分を味わい、合流したときに一言「二〇分も早いけど、どうしたの？」と訊いて「早く来れば、その分、たくさん一緒にいられると思って」と答えられて悶絶し、その日のデートを楽しみながら結婚のことを考えつつも、そんなことをおくびにも出さないのに、相手から「結婚とかどうしよう か？」と訊かれ、この人は超能力者か！　とさらに胸を高鳴らせる一日を発端に、次から次に幸せの連続を味わい、なんやかんやで結婚し、子供ができて幸せな夫婦生活を営むヴィジョン――のすべてにヒビが入った。

そこから水が溢れ出して、幸せな家族像は滲んでいく。最後は粉々に砕け散り、欠片が水底へ沈んで真っ暗だ。

「え、あ？　逮捕令状とかは……」

「あー、現行犯やからなぁ」

鼻毛を気にしながらポツリと呟いた村上に、玉城が怒鳴った。

「だから、相手もOKしたプレイだっつってんだろうがぁっ！」

「そういうのも含めてちゃんと話、しようや。さ、こっちにき」

「くそ、くそおぉっ！　なんで悪くもねぇのに捕まえてんだよ！　あんなゆるい頭してる女の方が悪いんだろうがぁ！」

出会った時のワイルドながらも人を気遣える紳士な印象はもう欠片もない。今は斬首前の悪あがきで、仕えていた君主を罵る落ち武者のようだ。荒々しさと残念感だけが漂っていた。

暴れる玉城の腕をしっかり押さえ、村上が取調室へ連れて行く。

なかば放心状態の米子に藤岡が近寄ってくる。

「花田さん。ちなみに合コンで結婚までいく確率は十五パーセントほどらしいですよ。ご参考までにどうぞ」

それだけ言うと藤岡も取調室へ消えて行った。

本当は悲しくてしょうがないのに、周囲の刑事たちのデリカシーのなさにイラついてしまう。

これだから自分の職業を「公務員を少々」などと言ったり、他人に言いづらかったりするのだ。一般的にも事件解決を第一に考える彼らの印象は荒っぽくて恐ろしいといったところがある。自分もその一員なのだが。

「お手柄やなぁ」

宮谷はそんな米子の肩を軽く叩く。

「ん？　え？　あ、そ、そうですけどね？」

最初は村上、藤岡の二人のことを言っていると思った。というより、自分に向けられた言葉だと考えたくなかった。

「監察官もいい仕事するのぅ。な、米子？」

その一言で確信する。監察官には警察官の日常的な素行を監視する任務がある。間違いなく、米子は見張られていたのだ。昨晩の合コンを。野武士風イケメンに夢中で笑顔を振りまいていたところを。怒りと恥ずかしさに、まるで胃液が沸騰するかのようだ。まさに、はらわたが煮えくり返るとはこのこと。

だが、いけない。胃荒れは肌荒れの原因。腹の火力を抑えねば。

（落ち着くのだ米子。いいか米子。私はー、いらいらー、していない。私はー、いらいらー、していない）

ただ、ここは言っておくべきタイミングだ。深呼吸して穏やかな心を取り戻す。

「あの、宮谷さん、そろそろやめません？　私が気に入った人パクるの……？」

「あぁ？　なに言ってんねん米子。お前のその才能を最大限に使ってやってんねんぞ？　悪人をバシバシ捕まえられてええことやないか。超一流っちゅー奴や」

「そ、それは褒めすぎかと……てか、普通の人だったらどうする気ですか？　勘だけを頼りに探りいれて一般市民に迷惑かけたりしたら……」

「そんときゃそんときや。ワシが責任もったる。安心し。お前の才能は誰よりもワシが信じとる。無駄にはしぃへんからな」

「え、あ、え……あ、ありがとう、ございます……」

こうも素直に言い切られると、いっそ清々しい。しかし怒りが消えるわけではないので矛先をどこへ向けていいのか判らなくなる。

宮谷の言う米子の才能は警察としては確かに傑出したものであったが、乙女にとっては非常にありがたくないものだった。

その才能とは米子の惚れる男性は必ずなんらかの罪を犯す人物だと言うこと。少なくともこれまでの的中率は一〇〇パーセントだ。

認めたくはないが、判っている。その法則から逃れられない。逃れたことは一度もない。

初恋の相手はヤクザで、殺人罪と麻薬の密売で捕まった。

好きになったアイドルは麻薬所持で逮捕。

ゲームや漫画で気に入った登場人物でさえ真犯人、共犯者というオチ。

恋人になりたい、結婚したいと好意を寄せたが最後、彼らは予定調和のように罪を犯してくれる。

彼女の特異な才能のことを知っている宮谷は、監察官を使って米子を見張っているのだ。そして米子の気に入った異性の情報を手に入れ、村上と藤岡にマークさせた。

結果、合コンで知り合った、好みの野武士風イケメンも、今まで通り犯罪者としてしょっ引かれたわけだ。

泣いていいやら、笑っていいやら、情けないやら、悔しいやら、怒っていいやら、悲しんでいいやら……。

もうここまで来ると心理分析も不可能なくらい複雑な気持ちだ。

ただ、この能力を職務に利用するのは、やめて欲しいということだけは確かだ。

そんな米子の気持ちを見透かしているのか、宮谷は堂々と目を合わせながら告げてくる。

「まぁ、また惚れた相手がいたら自己申告しいや。隠しても無駄やからな？」

「あ、う……」

彼氏いない歴二十八年独身。大阪府警察本部所属の刑事、花田米子はその日、心の中で何度も生まれ育った故郷、鳥取の方言「だらずが、だらずが」――標準語で言うと「意地悪な奴が」または「アホが」と叫び続けながら、調書の作成を手伝った。

第一話「米子、地元の友人と再会する」

愛する人が犯罪者だったとき、人はどう反応するだろう?

無罪を祈る者、出頭を願う者、有罪だと知ってて逃がす者、どうしていいのか判らず泣き崩れる者、愛情が憎しみへと変わってしまう者……。

同じ反応などひとつもない。相手との関係、時間、言葉、自身の性格、環境、気分……いろいろな要素が想いを作り、想いの分だけ答えがあるからだ。

米子は今まで諦めてきた。

この人は違った。自分にはもっと別の人がいる。運命ではなかったのだ、と……。

だから合コンで出会った最高の野武士風イケメンが犯罪者だったのも、いつも通り。縁がなかっただけ。次がある。もっと素晴らしい武士イケメンたちが現れるから、あの人と一生を共にしなくて良かったのだ。

そうやって自分を慰めるものの、やはり気持ちは沈んだ。今回も外れたという思いと、犯罪者だと判るや否や、淡い恋心が一気に醒めてしまうため、どこか自分が冷たい人間に思えるからだ。ひょっとすると本当に冷たくて薄情な人間だから、神様が罰として犯罪者を好きさせているのかも知れない。

しかし、刑事である米子からすると、結婚相手が犯罪者では困る。

警察官の結婚相手は家族構成、前科、国籍、宗教関係などを調べられる。そこに問題があれば結婚を止められることも多い。最近は恋愛は個人の自由だとし、気にしないという声も増えてはいるが、米子は気にしてしまう方だった。

(なんで犯罪が起こるんだろう……)

犯罪が世の中からなくなれば、自分の好きになる相手が罪を犯すこともない。そんな本末転倒なことをぼんやり考えている間にも犯罪は起こってしまう。多くの人が犯罪のない世界を望んでいるはずなのに、望みどおりにはならない。

一体、なにがそうさせているのだろうか……?

アスファルトの路面から陽炎が立つほど暑い、ある夏の日もそうだった。

大阪は堺市西区。住宅と個人商店が密集する、狭い一方通行の道路に面した信用金庫は、その日も通常業務を行っていた。近くにコンビニ、薬局があるとはいえ、人通りの多い場所ではない。客の出入りは少ないうえに、窓にはブラインドがかかっており、外から中の様子は見られなかった。

午後三時過ぎ。一一〇番で従業員、客の全員が気絶しているとの報告が入った。警備会社の人員が駆けつけた時には、お年寄り一人が死亡している状況であった。

死因は酸素欠乏による心肺停止。

鑑識の結果とカメラ映像から察するに、どうやら犯人たちは二酸化炭素スプレー缶を用いたようだった。空気中の酸素濃度はおよそ二十一パーセント。その濃度が一〇パーセント以下になると人間は一呼吸で意識が混濁する。これが六パーセント以下だと、高確率で死に至るのだ。

犯人たちはその特性を利用し、従業員と居合わせた客に二酸化炭素吸引を強要し昏倒させた。相当に危険な手法だと言える。捜査本部はこれを毒ガス無差別殺人の凶悪事件として捜査を進める方針だ。

被害者の証言によると、犯人たちは四～五名。仮面を被っていたが、基本的に従業員と同じような格好をしていたらしい。そのためカメラからの映像では異常に気づきにくく、初動が遅れたようだ。

奪われた金額は二千万円。

当日、信用金庫の近くを通りがかった人物は怪しいオレンジ色のワゴンを見たと証言した。犯人たちはこれに乗って逃亡したと思われる。

車体が目立つ色なので検問にすぐ引っかかると思われた。主要な道路はNシステム——自動車ナンバー自動読み取り装置——によって見張られている。公表されていないが、色と車種も絞れるため、県外に脱出しようとすれば、確実に発見できる。

だが、検問に引っかかった様子はない。車が乗り捨てられている可能性が高かった。

事件発生の翌日、捜査班はいくつかに分かれた。被害者から事情を聴取する班の他に、強盗後の目撃情報を集める班。店内の防犯カメラの解析、ネット上での犯罪に関したやり取りを検閲する班などだ。インターネット上にある掲示板で強盗仲間を募ることが多くなっているため、必須の捜査になっている。

今回の強盗もその掲示板で集められた可能性が高かった。

倒れた老人を気にかけていたメンバーが一人いたらしいのだが、その人物が主な指示を出していたのでリーダーだと職員は判断した。それなのに、他のメンバーがリーダーに対し怒号を飛ばすなど、統率の取れていない部分が見られた。掲示板で急造された犯罪者集団は互いの素性をよく知らないため信頼関係が築かれていない。それを端的に表す場面だといえる。インターネットを捜査するには十分な根拠となった。

そのリーダー格の男はどちらかの手に傷。身長一八五センチ前後という情報がある。この男の情報に注意を払いつつ、米子はまた別の捜査班に加わり、オレンジ色のワゴン車を探すことになった。

「二千万ってなんに使うんだろうね？」

「花田さんみたいに婚活に使用されるんじゃないですか？」

信用金庫周辺の捜査を開始と同時、チームの空気を少しでも和ませようと話題をふった矢先にこれだ。藤岡は米子の胃液を沸騰させるのが上手い。

（落ち着くのだ米子。いいか米子。私はー、いらいらー、していない。私はー、いらいらー、していない）

「え、花田さんが婚活？　結婚したいわけ？　まじオレ立候補しちゃおうかなー？」

そこに空気を読まない西堺警察署の刑事――滝田の一言。刑事になって一〇年ほど経つらしいが、どこかチャラチャラしている。警察学校で一体なにを学んできたのか。規律正しさ、相手を尊重することの大切さ、正義を守ることの尊さ。それらが微塵も感じられない。イライラはさらに湧きあがった。

「やめた方がいいですよ。花田さんに気に入られると監察官が内偵入れますから。ちなみに過去六年間、気に入ったという相手は一〇〇パーセントで逮捕されています」

「どゆこと……？」

藤岡の台詞に滝田は思考が追いつかないようだ。しかし、言いたいように言ってくれる。

「あるわけねぇがな！」

激昂して頭のどこかにある方言スイッチが入った。二人は豹変した米子を暴れる猛獣を見るような目で見つめている。

「あ、いや……犯人がね？　婚活に二千万なんて使うわけないでしょ？」

慌てて取り繕うが、笑顔は引きつり気味だった。

（あれ、なんで私、この人たちを前に取り繕わなきゃいけないんだっけ？）

目の前にいる男どもと結婚するつもりは毛頭ない。この笑顔を作る努力は無駄なのではないかと考えると、余計に苛立った。

「そうやってイライラしてばかりだと、お嫁の貰い手がなくなりますよ」

そんな米子の心を見透かしたのか、藤岡はため息をつきながら嫌味を言う。

正義を愛する警官が殺意なぞ抱いてはいけない。米子は愛読書の歴史物に登場する剣の達人たちを思い出し、心を落ち着かせる。彼らはきっと取り乱したりしない。さらに合気道の和合の心を組み合わせ、明鏡止水の境地に至る。

「滝田さん。ここら辺で車を乗り捨てるなり、隠すなりできる場所はありますか？」

そんな米子の怒らないための努力を無視して藤岡は捜査を進めた。本部の捜査官が各方面の警察と協力するのは土地鑑を生かすためだ。やはり地域をしっかり見張っている刑事は、それだけ地域の特性や特徴を知っている。

「あー、古い工場《こうば》とか、古いガレージは多いけどな。そこにもあるだろ？」

滝田が指差す方を見ると、砂利が敷き詰められた広場にトタン小屋が向かい合って並んでいた。どれも錆の浮いたシャッターが閉まっている。

「あー、知ってる。地元にもあった。貸しガレージですよね？　大阪にもあるんだ」

「花田さんは出身どこよ？」

「私、鳥取なんですよ」

「ああ、砂漠の？」

「違います。砂丘です……」

「違うの？」

「違います」

「そういえば、下の名前、米子《よねこ》……って、米子《よなご》出身だったりするの？」

「それも違います。東部出身です」

「なのに米子なんだ？　不思議だねぇ？」

なんでこんな話を始めてしまったんだろう。思わずため息が出た。

鳥取砂丘は〝砂丘〟であって〝砂漠〟ではない。〝砂漠〟は雨が降らず大地が乾燥するためできる。一方で風で運ばれた砂が堆積してできるのが〝砂丘〟だ。つまり成り立ちからして違う。ちなみに砂漠のように広いわけでもない。鳥取砂丘が日本一なのは砂の高低差で、距離で言えば千葉県、房総半島にある九十九里浜の方が長い。

そして、砂丘と砂漠を間違われるのと同程度に、米子が鳥取県西部の米子《よなご》出身だと思われるのが嫌だった。

元を辿れば鳥取県の東部と西部は因幡《いなば》と伯耆《ほうき》という別の国。方言も少し違うし、交流もそんなにない。さらに西部は境港《さかいみなと》、米子《よなご》、そして島根の松江で妙な文化圏を築いている。少なくとも東部の人間はそう思う。政治の鳥取。商業の米子《よなご》とも言われており、街の活力に格差を感じる。

すべてを説明するのも面倒だが、字が一緒だからという理由で出身地だと思われるのも苛立ってしまう。

それに名前のことを言われるのは、古臭い名前からだとも知っている。今は気にしなくなったが、若い頃は何度も何度も何度も、改名しようと思っていた。

どっと疲れてくる。本当なら婚活のためにメールの返事やらプロフィールのチェックやら習い事、婚活パーティーに時間を費やしたいのに。なぜ捜査以外のところでこんなに疲弊しなければならないのか？

だが、被害者のことを思えばくじけていられないし、婚活も控えるべきだと思う。一刻も早い事件解決を目指すべきなのだ。

「滝田さんも花田さんもイチャついてないで仕事をしてくださいますか？　とにかくガレージの管理人に会いに行きましょう」

藤岡が冷静に言い放つ。

誰がイチャついているのか？

文句を言いそうになったが、これ以上、疲れたくないので無視することにした。

ガレージの管理人へは、すぐに事情聴取ができた。滝田があらかじめ連絡を取っておいてくれたそうだ。だが、オレンジ色のワゴンの持ち主に貸したことはないし、ここ最近、借りた人物もいないらしい。

「他人のガレージに入れてるとか、そういう可能性はありませんか？」

ガレージの鍵は借りた本人にしか渡していないが、可能性としては否定できない。手間ではあったが、米子たちは一つ一つ確かめる。件のワゴンはなかった。

他にも同じようなガレージがいくつかあるらしく、そこも見て回った。オレンジ色の軽自動車があったものの、犯行に使われたものではなかった。

日が落ちかけた頃、足休めと今日の総括をするため、三人で古びた喫茶店に入った。こじんまりした店内は最近できた店と比べると薄暗い。左の窓際にはソファー席が二つ。右手のカウンターに回転椅子が五つ。突き当たりの壁際にソファーと椅子の席が二つ設けられている。客は自分たちを除いていなかった。

米子たちは窓際奥の席に陣取る。煙草でついたであろう焦げ目がある古びたソファーに座り、酸味の利いたコーヒーを飲みながら藤岡が冷静に分析を始めた。

「普通に考察しますと犯行に使われる車は盗難車。足がつかないように乗り捨てるのが定石だと思われます。ですが、その車自体が発見できません」

藤岡が無線キーボードを使い、いつも持ち歩いているタブレット端末に情報を入力していく。

「他に考えられるのは、人目につかないとこに放置。または、海に投棄……」

藤岡は入力することを口に出す癖がある。下手をすると誰かと話すよりもパソコンと向き合っている時の方がうるさいかも知れない。

「……まぁ、それが濃厚ね。でも盗難車の届けは出てないわけだし……」

特徴と一致する盗難車両があるかどうかは、すぐに調べられる。どこの地域で、どういうタイミングで盗まれたかも犯人を突き止めるきっかけになるため、データベースとしてまとめられているのだ。

例えば、県外で盗まれたものなら、その地域出身の人物かも知れない。地元の人間でなくとも、その場に行き、用途に合う車を探し回った人物に違いない。そうなれば目撃談が聞けるはずだ。

だが、今回はその盗難車でさえ一致するものがない。手がかりの得ようがなかった。

「やばいねぇ。逃げられちゃったらどうしようかねぇ」

滝田が天井を仰ぎながらため息をついた。

「とにかく、地道に聞きこむしかないでしょ。足がかりを掴まなきゃですよ。被害者が、出てるんですし。ところで、藤岡はなに見てんの？」

藤岡は入力を終えたようで、今はなにか調べ物をしている。

「この周辺区域の地図ですよ」

ネットで公開されている無料地図。航空写真で精度も高く、怪しい建物などに目星をつけられる。

「最近のストリートビューはすごいよなぁ」

滝田も詳しいらしい。ストリートビューもネット上にあるマップサービスの一つだ。地図の特定箇所に『ストリートビュー用のマーク』を置くと、そこに立っているかのように三六〇度の風景写真で見られるようになる。

大阪の道なら広範囲に渡り、このサービスを利用できる。つまり大阪に来たことがなくても、大阪の町を歩いた気分になれるのだ。余談だが、鳥取砂丘にもこのストリートビューが入り、砂丘をネット上で歩けるようになった。無駄に広く感じられるのでお奨めだ。

「ぜんぶ丸見え。家の中でも下手に裸でいられないってのがつらいわぁ。プライベートの侵害で訴えてやりたいね」

滝田は腕を組んで口をへの字に曲げた。

「家で裸なんですか？」

「暑いからねぇ？」

ごもっともな意見だが、警察官がそんなだらしなく過ごしていて、いいのだろうか？

「そういうプライベートなもの、犯人に繋がるものが映ってるかもしれないですからね。チェックだけでもしておかないと、気が済みません」

「なるほどー。そういうところはしっかりしてて偉いなぁ、藤岡は」

「……褒めてもなにも出ませんよ？」

「その調子でイヤミも出なくなるといいんだけどね……」

「相変わらず難しいことをおっしゃいますね、花田さん」

真顔で藤岡はそう返してくる。そんなに難しいことなのだろうか？

思わずため息が出る。

頭を切り替えたい。米子は自分でもストリートビューを開くことにした。携帯端末――スマートフォンを取り出す。ピンク色のラバーケースに入った乙女度高めのもの。

ただ、待ち受け画面の写真は警察のマスコットであるピーポくんを採用している。オレンジ色した体。頭の一部が水色で、そこから触覚を伸ばしているアイツだ。不気味に見える瞬間があったり、広報の趣味なのか変質者の役をやったりと、話題にはこと欠かない。

「ピーポくんが待ち受けって、趣味悪くなーい？」

滝田が覗いてくる。

「そうです……？」

「ついでに、警察関係者だって思われちゃう場合もあるじゃない」

それは確かにまずい。刑事だと判ってしまうと、一般人は動揺することがある。刑事のいる場所に事件アリだからだ。

ただ、この待ち受けを見るためにはパスワードが必要だ。誕生日に設定していると は言え、簡単には見られない。大丈夫だ。

他の写真はおいしそうな食べ物しかないので待ち受けにはしたくない。スマートフォンを見るたびお腹が減っては仕事に支障をきたす。

「合コンのとき、どうしてたの？」

滝田にそう言われ、米子はやっと自分の愚かさに気づいた。今度、見た目が大好きな土方歳三の写真をネットで手に入れて待ち受けにしておこう。

そんなとき、出入り口のカウベルが鳴った。お客が来たようだ。

「そろそろ私たちも本店に戻りましょうか」

捜査の話を一般人に聞かれるのはまずい。相手の素性が知れなければなおさらだ。店主にも聞こえるのはまずいが、そこには気を配っている。

入れ違いのお客は男性で高身長、ポロシャツにジーンズというでたちだ。ナポリタンと味噌汁を注文していた。

（シンナーの臭い？）

職業柄か、どうしても普通とは違う点を敏感に察知する。シンナーはニスやラッカー、ペンキなどを薄めて伸ばすための溶剤だ。取り扱う業種はいくつかある。ここは下町なのでその業種の工場があっても不思議ではない。すれ違っても特別に変なわけではないのだ。そう思うが、どこか違和感を覚えた。

店の戸が閉まるまで男のことを見たが、ついぞ判らなかった。

外はもう暗い。昼間の暑さが少しは残っているとは言え、かなり涼しくなっていた。街灯を頼りに歩きながらさっきのことを考えるが、さっぱり判らない。しばらくするとまたシンナーのような溶剤の臭いが香ってきた。

どこか近くに塗装屋が？　周りを見回す。車一台がやっと通れる路地には新築の住居とボロボロのシャッターを閉めているお店が向かい合っている。近くに塗装屋はなさそうだった。

「あの、すみません！」

後ろから声が飛んでくる。振り返ると男が一人、こちらに向かって走ってきた。三人とも訝しげにその様子を見守る。街灯に照らし出される男は青年といって差し支えない。角刈りが印象的で身なりもポロシャツにジーンズと小綺麗だ。先ほど、店に入ってきた男だと判った。正面から見ると純朴な雰囲気があり、どこか高校時代の同級生にも似ている。米子は懐かしい気分になり好感を抱いた。

男は駆け寄ると、三人の前にピンク色のラバーケースに入ったスマートフォンを見せた。

「あ、あれ？　これ、私の？」

「あの、忘れてらっしゃったようで」

テーブルに置き忘れていた米子のスマートフォンを持ってきてくれたらしい。

「すみません、わざわざ！」

ピーポくんのことを思い出し、急に恥ずかしくなった。見られてないだろうか？

「世話が焼けますね、花田さん」

「また、いちいちそんなこと言う……あ、ごめんなさい。ありがとうございます」

深々とお辞儀をしながら受け取る。

「あの、やっぱり花田さん？」

青年の一言。自分のことを知っている？

顔を上げてまじまじと見た。

「……あ、やっぱり、もしかしてだけど、福田潤平くん？」

「おうさ！」

「えー！　まじかぁ!?　久しぶりー！」

「何年ぶりだぁ？　高校以来かいな？」

「そうだろうやぁ。だけぇ一〇年くらいになるんか？」

「おー！　そんなになるかいなぁ。うわぁ、花田さん、変わっとらんけぇ」

「ジュンペ……福田くんも変わっとらんがぁ」

「そうゆうて、さっき判っとらんかったがぁ」

「違うだけぇ。人違いだったらいやだが。大阪だけぇな？　似とるなーとは思っただっちゃ」

「ほうか」

いきなりの鳥取の方言――因州弁の応酬に、他の二人は置いてけぼりを食らっている。それを察して米子は二人に説明した。

「あ、ごめんなさい。こちら福田潤平くん。高校のときの同級生なだが」

「花田さん、方言抜けてらっしゃいませんよ」

「……いいでしょ。スイッチがあるの、スイッチが。藤岡だって地元の友達と話してたら、その慇懃無礼な敬語も関西弁に変わるでしょ？」

「いえ、僕はこれが普通でございますですよ？」

「はぁ、さようでございますですか」

藤岡はいつでも米子の胃液を沸騰させる。その速度、確実性、火力からしてガスバーナー並みである。細長い体型も非常にそれっぽい。

だがしかし、ここで胃液を沸騰させてイライラしている姿を福田に見せるわけにはいかない。小じわも増えてしまう。深呼吸して和合の心を呼び起こす。

「あ、で、この二人は……会社の同僚」

二人そろって「どうも」と短く挨拶した。

「こっちで働いとるだかぁ？」

「うん、まぁね……あー、どうしよう。スマホのお礼もあるし、えっと、福田くん、ご飯さっき頼んだばっかりでしょ？」

「あ、そうだ。置いてきた……！　さすが花田さん。今でも気が利くんね」

「いや、そういうわけじゃ……」

ほとんど職業病と言えるので自慢できない。

「久しぶりの再会なようですから、お二人でそのまま食事でもしたらどうですか？　僕たちは会社に戻ってますし、残りの作業も片付けておきますよ」

と、急に藤岡が気を遣ってきた。さすがにイヤミが過ぎたと反省したのだろうか？

「おいおーい、いいのか？　本店の奴がそんなんで」

「いいんですよ。旧交というのは温めてこそです」

「……優しい藤岡は、イライラしないけど気持ち悪いね……」

「僕がイラッとしますね、それ」

こんなときまで真面目な顔なので、少し気後れしてしまう。

「まぁ、こんなときくらい甘えてはどうですか？」

「ほんとに？　後でなんか言わない？」

「言いませんよ。言った試しもありませんし」

「本気で言ってる？」

「本気では言ってませんが、大真面目には言ってます」

「なんだそれ？　ま、まぁ、いっか。それじゃあ甘えちゃおうかな……？」

「どうぞどうぞ、ごゆっくり。では、戻りましょう。滝田さん」

「お、おう？」

滝田は戸惑っている様子だったが、藤岡について住宅街の夜に消えて行った。

福田潤平と知り合ったのは十三年前。地元の高校の入学式だった。がっしりとした体格で人より少し身長が高かったため、当時から目立っていた。米子は出席番号の関係もあって、彼と隣の席になった。

優しく真面目で柔道の実力者。一年も経つと女の子の噂にあがる程の人気者になっていた。

ただ、米子は福田を異性として意識したことがなかった。優しくて真面目なのは当たり前で魅力だと感じていなかったためだ。

ただ、調理実習で包丁をもった男子がふざけていたとき、滑りこけ、包丁を投げ出した事件があった。運悪く米子は包丁に当たりそうになったが、それを手でかばってくれたのが福田だった。

それから同じ体育会系だったからか、価値観が似ていたからか、遠慮らしい遠慮もしなくなり、仲の良い友達になった。

当時は本当にそれだけだった。優しい人は物語の中にはたくさんいるが、現実ではそう巡りあわない。みんなどことなく擦れて、尖ってギスギスしている。そう思うといかにあの当時の福田が魅力的だったのか、今だからこそ判る。

「福田くんもこっちに出て来ただか？」

元の喫茶店に戻り、カウンター席に並んで座った。

「ああ、んや、親戚の家《うち》があって、そこの仕事の手伝いだ」

「へぇ？　なんの？　やっぱり木材関係？」

それだとシンナーに似た臭いも理解できる。木材に仮漆《ニス》を塗ったりするからだ。ちなみに福田の生家は木材店。記憶の中では確かに変わった体臭だった気がする。高校生の頃はシンナーやニスの臭いが判らなかったから、不思議な臭いだと思っていたのだろう。

「あー、ちょっと違う。そういう……花田さんはなにしょーるじゃ？」

「……やっぱ、前みたいにヨネちゃんでいいよ」

しばらく会わないと、やはり遠慮ができるようだった。会話に違和感がつきまとう。当時に戻れずとも、呼び方くらいは前の方が座りが良い気がした。

「そう？　じゃあ、オレのこともジュンペイでいいじゃろ。な、ヨネちゃん」

「ジュ、ジュンペイ……改まると恥ずかしいな。あっと、仕事は公務員を少々……？」

また言ってしまった。照れを隠すために話題を戻そうとしたのだが、やはり自分が警察官だと言いにくい。思わず苦笑いしてしまう。それに今回は合コンと違い捜査中だ。用心に越したことはない。

「公務員？　こんな遅くまで働くだか？」

店内に飾られた古い振り子時計の短針は、すでに八時を回っている。

「まぁ、いろいろあるだけぇ」

ただ、誤魔化すのはどこか心苦しかった。

逆に自分の立場を話して協力してもらうという手もある。

この機会を逃したら言いにくくなる気がした。それに、ジュンペイに隠しごとをするのは、自分の青春時代を裏切っているようにも思える。

「あ、あのね……」

「ん？」

「お待ちどうさん。もう一個ナポリタン」

白いひげを蓄えた店主がカウンターごしに鉄板を出してきた。パチパチと油が忙しく跳ねる音がする。熱い鉄板の上には赤いパスタ。その中央には生卵。卵を囲むように緑のピーマンが彩りを添えていた。トマトソースが香ばしい匂いを店内に広げる。

「どうかした？」

「ああ、んん。これ……地元のお店で作っとったのと一緒？」

「お、よう知っとるが。ヨネちゃんも食べたことあったぁか？」

「あ、うん。けっこう行っとったで」

「へぇ、オレもだ。凄い好きでな」

地元は田舎で指折り数える程度しか飲食店がない。その関係なのか真面目な校風だったせいなのか、飲食店に寄って帰るということ自体が珍しい学校生活だった。

そんな中で唯一通ったのが洋食屋『樹里』だ。そこの人気メニューが、この鉄板ナポリタンだった。けれど、店の中で福田とは、

「会ったことない、よね？」

「あー、時間が違うだっちゃ。オレは柔道、遅かったけぇな」

「なるほどー」

米子は女子剣道部だった。剣道部と柔道部は同じ道場で練習していたので、福田とはよく顔を合わせている。ただ、どちらの女子も、練習の終わり時間が早かった。男子が七時なのに対し、女子は六時。早いと五時半だった。

米子は友達とよく樹里へ行ってナポリタンを食べて帰った。家には祖父母がいて、夕ご飯の準備があるにもかかわらずだ。当然、家では少食になり、家族から心配されていた。ただ、母親だけは真相を知っていたが。

——家族にでも秘密ごとはあるもの。だって女だからね。

母の優しい笑顔を思い出す。そういえば最近、連絡をしていない。電話をすればすぐに結婚の話になるからだ。自分でもがんばっているのに、他から「早くしなさい」などと言われるのが米子は嫌だった。

（でも、明日にでも電話かけてみるかな）

そう思いながらナポリタンを食べる。本場とは少しだけ味付けが違った。思わずフォークが止まる。

そんな米子に福田がこっそりと「樹里のがうまいな」と囁いた。

胸がノックされた気がした。

同じ感想を抱いたのが嬉しかった。

青春時代を確かに一緒にすごしたのだと、感じられた。

だからこそ逆に、警察官だと言いづらくなった。

警察官という職業には魔力がある。

それは人を狂わせるものではなく、怯ませるものだ。

これは差別的な意味合いではなく、職業の特性と言っていい。

なぜなら、警察官は法律違反した者を逮捕する立場にあるからだ。

特に田舎で警察は犯罪者を見張るというより、スピード違反する市民を見張っている「ねずみ捕り」しかしてないように思われがちだ。もちろんスピード違反も道路交通法二十二条の違反となるため犯罪だ。ただし、交通反則通告制度があり、スピード違反は反則金さえ支払えば刑事訴訟にならない。だから「犯罪」という意識は圧倒的に低い。

　ただ田舎は車がなければ生活できない。それに決められた速度で走っていたら逆に迷惑になることもある。電車が町を網羅している都会とは根本的に違うのだ。そんな車社会で、初めて警察を意識するのが、運の悪い車を捕まえる「ねずみ捕り」なのだから、印象が悪くて当然だと言える。自分たちだって法定速度を守っていないくせに、という恨みがましさもあるだろう。だからか地元民は「ねずみ捕り」を見つけたら、反対車線の車にライトをちらつかせて存在を知らせ、やり過ごそうとしている。

　もちろん、警察官の米子からすれば、犯罪抑止や、凶悪犯を捕まえるために尽力して、市民の生活を守っている意識がある。だが、犯罪に関わらない多くの一般人が、警察は怖い、うっとおしい存在だと思うのも理解できる。

　煙たがられたり、恐れられたり……けれど、ときに頼られたり。それだけの力と責任を持っている職業なのだ。

　同じ法律に仕える職業として弁護士や検事も挙げられるが、普段の接触が少ない点や、業務の違いから、あちらは隠すことが少ないようだ。

（むしろ婚活プロフィールで弁護士なんて書いてあったら大人気だもんなぁ）

　そう思うものの、警察官という仕事には誇りを感じる。どうにも複雑な心境だった。

「ヨネちゃんは近くに住んでるん？」

「あ、ううん。キタの方。今日は仕事で」

「そっかぁ。……そっかぁ」

心なしか声のトーンが落ちた気がした。それは残念がっているようにも見える。

悪いことをしたかな？　そんな気分になり、米子のテンションも下がった。手をカウンターに置く。

すると、間抜けなことにカウンターの端にあったフォークの尻を押さえつけた。

結果、梃子の原理によってフォークは空高く舞い上がる。

「ふえっ!?」

目の前少し上で激しく回転するフォーク。このままでは自分の頭に落ちてくるが、あまりに急なことで反応できない。

「あぶないっ！」

咄嗟に福田が手を伸ばし、そんなフォークの柄を握った。

「お、おお……お見事……」

思わず小さく拍手してしまう。

「あぶねぇが……」

「ご、ごめん……ありがとう。あ、怪我は!?」

高校の調理実習のことを思い出す。あのときも、こうやって助けてくれた。そして福田は大きな怪我をして、柔道の大会に出られなくなったのだ。

米子は慌てて福田の右手を取りフォークを取り戻すと、掌を見た。怪我はない。

「よかった……」

ほっとする。同時に福田の大きな手に触れたことを意識し始める。

暖かい手。

自分を二度も守ってくれた手だ。

そう思うと、急に気恥ずかしくなる。その一方で左手薬指が気になった。

指輪はない。

(これは、ひょっとしてチャンスって奴なのでは……!?)

お互い気心が知れているし、武道の精神もある。地元の事情も判っている。実家はそれなりに大きな木材店なので、いやらしい話だが将来も安泰だ。角刈りが印象的な顔もよく見れば、近藤勇のようで渋い。

そして、二度も身を挺して自分のピンチを救ってくれた。口先ばかり優しい男は多いが、本当に自らを犠牲にして誰かを守ろうとする男はほとんどいない。まるで物語に登場する王子様かヒーローのようではないか。

気づくのが遅かっただけで、目の前の人こそ自分の運命の人なのではないか？

気がはやる。

きっと今までの努力を神様は見ていてくれたのだ。これは運命の再会に違いない。

この機会を逃してはならない！

「あ、えっと……そういえば、いつまで大阪にいるん？」

「オレ？　たぶん、明後日くらいまで」

「私さ、仕事でしばらくこっちくるだっちゃ。だけぇ、明日も来てみてええ？」

受身ではだめだ。こうやって攻めなければならない。多くの婚活関連本にも書いてある基本精神だ。ただ、少し露骨だったかも知れない。判りやすく伝える方が自分の「好きだ」という気持ちのアピールにはなるはず。

あからさまな態度が嫌いな男の人もいる。福田はどっちだっただろう？

今までと同じように気軽に付き合う空気の方が良かったかもしれない。

けれど、この瞬間を逃したら、二度と会えないかもしれない。また、十三年前と同じ過ちを冒すわけにはいかない。

ようやく気がついたのだ。今度こそ、自分の気持ちだけはしっかり、伝えなければいけない。

ただ、福田が迷惑に思ったら……拒絶されたら怖い。

相手と自分の心情をいろいろ思い浮かべる。

反省の念とこれで良かったのだという念が交互に米子の心を掻き乱し、緊張させる。

「あー、じゃあ明日も晩飯どう？」

きた。

米子に春がきた。

謎の浮遊感までやってきた。同時に店の照明の光度があがったように思えた。

だが、理性を総動員して心を落ち着ける。

確かに米子の気持ちを受け入れてくれたのかもしれないが、油断は禁物である。浮つくのはまだ早い。

「あ、ほんとに？」

「いやじゃねぇなら」

自然な感じだ。我ながら上手く返せた気がする。

「じゃ、じゃあ、連絡先、教えてぇな？」

「おう」

さっそくスマートフォンを取り出す。これほど見事に作戦が成功したことはあるだろうか？　今までの婚活で培ってきた経験が実を結んだ気がした。

福田は折りたたみ式の携帯電話だった。流行には流されない人なのだと思うと、急に古風な武士のように見えてくる。

（ああ、覚えがある……久々に作動したわ、恋フィルター）

刑事のためか、米子は自分を客観的に見る癖がある。そのため、今、福田を贔屓目で見ていることを自覚していた。だが止められない。それが恋フィルターなのだ。

確か家も武家屋敷のような造りだった。夏休みに一度、友達と行ったことがある。広い庭には砂利が敷き詰められていた。松と池があり、いかにも金持ちという感じだったのを覚えている。

あそこで子供を育てることになるんだろうか？　ご両親とは上手くいくだろうか？　結婚式は古風な感じなら神式？　新婚旅行はどこがいいだろう？　子供はいつから作るだろう？　できれば来年の七夕より前だ。きっと子供が大きくなったら車で送り迎えすることにもなる。そういえば、大阪府警から鳥取県警に転職できたりするんだろうか？　大阪での生活になれてしまったから、いまさら鳥取の車社会に戻れるだろうか？　服はやはり定番のショッピングモールで買うしかない気がする……。

などと結婚後のことを想像してしまうが、明日の約束も取りつけ、連絡先まで手に入れた今、焦る必要はない。徐々に冷静さを取り戻す。今は捜査中だ。自分の幸せばかり考えていてはいけない。被害者に失礼だ。

なので、福田に会うのはあくまで捜査の一環と自分に言い聞かせる。

やましい気持ちだけではない。断じて違う。そういうことにしたい。させてほしい。

そう思いつつ、明日の予定を取りつけウキウキしてしまう。

本当にいい再会だ。人柄も良く、仕事も立派にこなし、結婚もしていない。顔にこだわりはないが、良い方がとうぜん嬉しい。

これだけの好条件。それにもかかわらず米子には一つだけ不安に思うことがあった。

＊

翌日の朝、西堺警察署で報告会が行われた。捜査本部は署内にある会議室に設置されていた。折りたたみ机にパイプ椅子を並べただけの簡素なものだが、そこには犯罪撲滅に対して情熱を燃やす捜査員が集まっている。そんな大勢を前に藤岡は怯むことなく自分の意見を述べた。

「以上から福田潤平、二十八歳を被疑者として調査を進めたいと思います」

（うあああぁぁぁあ！　やっぱりかあああぁぁぁぁ!!）

心の中で米子は絶叫していた。

もしやとは思っていたが、本当に被疑者として名前が挙がるとは。いつもはまったく乙女心に疎い藤岡が、米子と福田を二人きりにしてくれた時点で嫌な予感がしていた。福田の動向を洗うためだったのだろう。不安は見事に的中した。

理由は二つ。インターネット掲示板に銀行強盗の仲間を募る書きこみがあったのだが、それを行ったパソコンを特定した。そこは岡山県のインターネットカフェで、利用者を調べたところ「佐藤洋《さとうひろし》」の名前が挙がった。信用金庫とインターネットカフェの防犯カメラの映像から二人は同一人物だと思われ、この人物が主犯であると目された。

しかし、佐藤洋の登録情報はすべて虚偽だった。とうぜん偽名である。野外の駐車場に設置されていた防犯カメラの映像から車も特定されたが、犯行に使われたものではない。また、その車のナンバーに該当する車と映像に映っていた車の車種は完全に食い違っていた。

二重三重に手を打っている犯人は相当に用意周到で悪質だった。ただ、ネットカフェ利用時、帽子を被っていたのだが、店員とぶつかるという不慮のできごとで素顔を晒している。店員に聞きこみをしたところ、印象的な角刈りの髪型、近藤勇のような渋い顔つきなど、福田潤平の特徴と一致した。それだけは誤魔化しようがなかった。

だが「似ている」という理由だけでは逮捕できない。車も会員登録の情報も、なに一つ、一致していないのだ。任意同行を求める方法もあるが、根拠が乏しい状態では強制力がない。逆に警戒され、どこかへ逃げられてしまっては元も子もないのだ。

しかし捜査対象とするには十分である。

そしてもう一つの理由も同様に、被害者の証言と身体的特徴が一致するためだった。身長一八五センチ前後、体つきもよく、左右どちらかの親指に大きな傷あり。

そう、米子を助けるために包丁を止めたとき、福田の右手の親指には大きな傷が残ってしまった。そのせいで柔道大会への出場を見送るほどの怪我だった。

これから捜査は確証を得るためのものに変わる。足がかりを探すのではなく、徹底的に被疑者の身辺を洗っていくのだ。交友関係や仕事場、来歴、思想、宗教、プライベート……。

ただ、安易な接触は避ける必要があった。もしも本当に犯人だった場合、警察の調査が身辺周辺に及んでいると判った途端に、行方をくらまされるリスクがあるからだ。

家族はもちろんだが、仕事場もその一つだ。大企業ならともかく、小さな会社は身内意識が強く、犯罪者であっても逃亡を幇助《ほうじょ》する可能性がある。

（あー、どないしよう……）

それなのに米子は今日も会う約束をしている。急な用事が入って難しくなったと連絡を入れるべきか。

だが、待って欲しい。被疑者というだけで、犯人と決まったわけではないのだ。

（逆に私が無罪だって証明すれば……！）

そう思いつくと居ても立ってもいられなかった。


報告会が終わり、各捜査員がそれぞれの担当捜査へ向かう。米子は被疑者と顔見知りということで電話受付、メール対応係へ回されてしまった。心情的な配慮と、顔見知りだからこそ接触を避けた方がよいという判断——捜査回避というものだった。

だが、このままでは納得できない。

捜査本部の机で報告書を読みこんでいる宮谷に迫る。

「宮谷さん。私も捜査に行かせてください」

「……なんでや？」

ギロリと下から覗きこむよう睨まれる。人でも殺したことがあるような眼の鋭さは結構な迫力だ。

「福田さんは、無実だと思うからです」

しかし、そんな表情はいつものことだ。米子は気にせず言葉を続けた。

「根拠は？」

「……私は、あの人をよく知っています。犯罪を起こすような人物ではありません」

「うっさいボケ、知ったことかそんなこたぁっ！」

宮谷の怒号が室内に轟き、音が止んだ。しばらくすると再び誰ともなく動き出す。

「好きなんか？」

「え、う……」

「どないや？　嫌いか好きかで言うたらどっちや？」

「そ、そんなの関係ないじゃないですか！」

「好きなんやな。なら諦め。お前はそういう生まれなんや」

最初からなんでも決めつける宮谷は嫌いだ。人の気持ちも考えず、自分の考えを押しつける。

暴力、という言葉がお似合いの上司。

それなのに正義という心も併せ持っている。

「私が好きだからって、犯罪者だって決まったわけじゃないでしょう！　なんでも勘で最初から決めてかかるのは怠慢だと言っているんです！　そんなことも判らないオツムしてんですか、あんたは！」

だからこそ仲間として対等に言い合えるのだ。

「上司によぉそこまで言えたもんやな……まぁ、ええわ。米子の言うとおりや。ただ、お前が調べて被疑者《ホシ》が真っ黒だったらどないするんや？　捕《パク》まえれるんけ？」

「それは……もちろん捕まえますよ」

「まぁ、そやろな」

宮谷が口角を引き上げて笑う。

「んなら徹底的に調べつくせっ！　ケツの毛の数から、血ぃ一滴の成分まで残らずや！　手ぇ抜いたら覚悟しとけ、クビ程度じゃすまさへんからなぁ!!」

「やってやりますよ！　その代わりホシじゃなかったら私のプライベートを監視するのをやめていただきますからね！」

怒鳴り返し会議室を出て行く。

「私が刑事を選んだだ。白と黒くらい見分けられる。なめんなっちゃ」

この恋は諦めたくないという思いと、正義を貫くという信念とが、米子にそんな言葉を呟かせた。

＊

捜査は大まかに三つに分けられた。行方不明の車を探す班、まだ判明していないその他の被疑者を探す班、主犯と思われる福田の身辺を洗う班だ。

米子は他の捜査員と組まず、直に福田の身辺を洗うことにした。下手な行動をとれば捜査を邪魔することになるかも知れない。それに、米子は一人で福田の無実を証明したいと思ってしまった。

それは自分の呪われた体質への挑戦でもある。

西堺警察署を出て最寄りの鳳《おおとり》駅から東羽衣駅へ行き、南海本線に乗り換え、浜寺公園駅へ。

浜寺公園駅は洋館のような不思議な駅舎だった。全体は水色で、屋根だけが真っ赤に輝いている。正面中央には細長い水瓶のような柱が四本並び、その上の梁にはわざわざ連なった円のレリーフがあしらってあった。どこかメルヘンチックでかわいらしい。左右は棟が出っ張っている。ドイツの木組み建築を思わせる外観をしていた。

（どっかの結婚式場《ゲストハウス》みたい……）

もしくは裁判所だ。

必ず、無実を証明してみせる。米子は改めて気合を入れなおし、そこから一両編成の路面電車に乗り換えるため、浜寺駅前という駅に向かった。

その駅も、低いホームに屋根だけ取りつけられたミニチュアのような雰囲気で可愛らしかった。恋をしているから余計にそんな風に見えるのだろうか？

電車を待つ間、米子は福田に会うかどうか迷った。約束している夜の食事に顔を出すのは、注意すれば捜査に影響が出ないにしても、それまでに周囲を探っていては、万が一遭遇したときに怪しまれるかもしれない。ただ、昨日の会話で「この辺りに仕事で来ている」と言ったので「偶然を装って会う」くらいは許される気がした。

やがて、鉄の臭いがする一両の路面電車がやって来る。路面電車に乗ることは珍しい。いつもの米子なら、車内の広告や車内の造りをいろいろ観察するはずだったが、今日は福田とのやり取りを上手く回すことで頭が一杯になった。

仕事のことを深く訊かれて上手く答えれないのはまずい。自分がどんな公務員なのかをシミュレートする。犯罪者とは縁遠い職種がいいだろう。そうなると教員、保育士、消防士あたりがよさそうだが、教員、保育士が平日の昼日中から下町を歩いているのもおかしな話だ。残るは消防士だが、女性はかなり珍しい。業務に詳しくないので、突っ込まれたときにもボロが出やすいだろう。他に自衛隊、技術系、外務、民営化した郵政……どれも専門性が高い上に下町を歩いている理由が薄い。

最終的に思いついたのは労働基準監督官だった。法律関係だが、刑事事件を扱うわけではないので、そんなに警戒されないだろう。下町を歩いているのも、この辺りで労働基準違反の報告があったので、調査しに来たと言えば通るはずだ。

それから話の切り出し方、特にアリバイの取り方を考え続ける。

事件当日、犯行時間になにをしていたかを一般人が聞くのはあまりに不自然だ。だが、そのアリバイがしっかりしていれば疑いも一気に晴れる。絶対に知りたい。

彼を信じて直接、訊けばいい。

犯人だった場合、他の捜査員に、ひいては被害者の遺族に申し訳が立たない。

どっちでもいい。二人で逃げて幸せな生活をすればいい。法律なんて人が勝手に作ったもの。国が変われば、その内容も変わる。

いろいろな考えが浮かんでは消えていく。

何度も脳内で議論を交わし、疲れ始めた頃にやっと理性が答えを出した。

(埒があかない。お前は告白を渋ってる小学生か！　出たとこ勝負しかない)

改めて気合が入る頃には現場付近の駅、石津駅へ着いた。そこも閑静な下町にあるバス亭のような駅だった。路面電車は電車内でお金を払うので改札がない。鳥取の無人駅やワンマン汽車を思い出す。

（汽車通学も、一緒だったことが多かったなぁ）

お互いに友達がいたので、おしゃべりしながら登校したわけではないが、姿を見かけないときは病欠なのかと心配したものだ。

そんな日は、福田は車で送ってもらっていて、先に学校へ着いていることが大半で
「あれ？　どうしたん？」とお互い声を掛け合った。

そういえば米子という名前のことをコンプレックスに思わなくなったのも福田のお陰だった。

古臭い上に、住んでいる鳥取の西には格差を感じるライバル、ヨナゴの存在がある。当然、中学、高校時代はネタにされてからかわれた。イジメほどではなかったが、少しつらかった。

福田にそのことを相談したことがあった。すると福田は字の由来を教えてくれた。

——米って、八、十、八って書こう？　米は実るまでに八十八回も手がかかるってことらしいんよ。だから、その手間を省かず、一つ一つできる子になれって意味じゃないんかな？

逆に手間がかかる子かもね？　と返すと今度は「それだけ手間をかけても構わないって意味にもなるが」と言ってくれた。

米は日本人の主食だし誰からも愛されている。だから自分はいい名前だと思う、とも。

そう言われてから、両親への恨みも薄らいだ。

なにげない思い出。ついこの間まで忘れていたのに。

親指のこともだ。振り返ってみれば、合コンや婚活パーティーで出会う男には決してない、いくつもの過去が福田には溢れていた。

思わず、ため息が出た。

「あれ？　どうしたん？」

心臓が跳ねる。

顔を上げると、クリーニング屋の前に彼がいた。つなぎを着ている。

周りを思わず見回した。シャッターを閉めたお店と新しめの住宅とが顔を突き合わせた細い一車線の路地。他の捜査員の姿は見当たらない。

よもやこんなところで会うとは思っていなかった。

「え、あ、昨日、言ったが。仕事だ」

「ああ、そっか。会いに来てくれたかと思ったが」

わざとらしく福田が笑う。米子は急に照れくさくなってはにかんだ。知らず知らずに髪の毛を指で梳く。

福田はクリーニングに出していた別のつなぎを取りにきたところらしい。どうしたものかと米子は思ったが、すぐに別れる気にもなれず、一緒に歩いた。

たぶん、行き先は福田が仕事を手伝っているという親戚の家だろう。

「どうしよう？　約束まで時間あるけど……」

「あ、き、気にせんで。私も、まだ、仕事あるし……」

「そか。じゃあ、オレは仕事に戻るけぇ」

そう言って立ち去ろうとしていた。

けれど、米子は食い下がりたかった。どうしても夜まで待てない気持ちだった。

一刻も早くアリバイが欲しい。

「ん？」

つい無意識に手が福田のつなぎを握っていた。

「……あっ！　ご、ごめん……」

慌てて離す。

「どうしたん？　仕事に行きたぁないんか？」

そう言って笑った。無邪気そのものに見えた。

こんな人が本当に銀行強盗をしたのか？　人を殺してしまったのか？

きっと違う。なにかの間違いだ。

「し、仕事場、見たいかも？」

福田の笑顔が消えた。背筋に悪寒が走る。

けれど、すぐに「いいよ」と言い、笑ってくれた。

大丈夫だ。なにもやましいことなんてないはずだ。


福田の仕事場は四階建ての真新しいマンションの隣にあった。トタンと鉄骨で作られた、いかにも工場《こうば》といった風体だ。ところどころの凹みやサビが年季を物語っている。高さも広さも家一軒分ほどの大きさがあった。奥の壁だけが古い木の板で、かなり色が褪せていた。

「へー、ここで今お手伝いを？」

「あー、うん。でもちょっと臭いが凄いけぇ、あんま入らんほうがええかもな」

意識すると、予想していたシンナーとは違い、金属のイオン臭がした。

「ここでは、なにしてるん？」

「あー、金属加工だ。木材削るのとはちょっと違うけど、まぁ、なんとか」

「へぇ。他の人はおらんだか？」

「出かけとる」

じっくり辺りを見る。かなり古い感じはするが、使用されていない工場ではなさそうだ。捜査員はここを調べたのだろうか？

捜査令状がなければ任意となる。ひょっとしたら今、準備をしているかも知れない。

「外も見ていい？」

「なんしに？　まぁ、いいけど」

外観はトタンでできた倉庫。裏にはコンクリートブロックの塀があり、とても狭くなっている。隔てた先には別の倉庫があった。他に目につくのは工場内では見えなかった換気扇くらいなものだ。

もし犯人だったなら、この工場に車を隠していてもおかしくないが、見当たらない。

ただ、特におかしなところはないはずなのに、なにか違和感があった。

車がないことにホッとしたが、海に捨てられている可能性が高い。やはりアリバイが欲しい。

「そういえば、いつからこっちにきてたん？」

表に戻るとさっそく疑問をぶつけてみる。

「あー、いつからだっけ……」

指を折り、数える。

「一週間になるかな？」

事件当日、大阪にいたということだ。

「その間、ずっと仕事してたん？」

「……うーん、まぁ、休んでる日もあったけど？　どうしたん？」

返事にまで少し時間がかかった。やはり、犯行のことを気にしている？

「ううん、どっか出かけたりしとったかなぁって」

「あんまり出かけとらんなぁ」

「親戚の人とずっと一緒だったん？」

少し露骨だったかも知れない。鼓動が早くなった。

「……んや、まぁ、実は親戚は旅行中で、オレ一人なだ」

腹の底に石が投げつけられたような気がした。痛みの後に重さがのしかかってきた。

アリバイを証明してくれる人がいない可能性が高い。

身体的特徴の一致。アリバイなし。犯行時、大阪にいた。

家宅捜索は回避できないかも知れない。

「変なこと気にすんなぁ?」

だが、逆に犯人の証拠もない。

「ううん。出かけてないんだったら、大阪観光とかどうかと思って……」

「あー、いいねぇ。でも一回、帰らんといけんだ」

「そうなん?」

「実家の方の仕事もせんといけんだけぇ」

「働きすぎだわいや」

「働かんといけんだ。残念だけど、けっこう厳しいだけぇ」

多分、実家の経営状態のことだろう。

日本は戦後に行われた植林政策のため、杉が全国各地に植えられている。林業を生業としていた人も多いのだ。だが昭和五十五年をピークに木材の価格は下がる一方で、林業から離れる人も増えた。今はどうなっているのか知らないが、高校生のとき、地元の歴史に詳しい先生が教えてくれたのを覚えている。あの頃は順調だった仕事も、今では苦しくなっているのかもしれない。

「じゃあ、観光はまた今度かな?」

「悪《わり》ぃなぁ」

「ううん、いいよ、ぜんぜん」

告白したわけでもないのに、次のデートの約束もあっさり決まってしまう。

けれど、犯罪者かも知れない。そんな人といま一緒に話をしている。警察官がそれでいいのか、恋心を抱いていいのかと自問してしまう。

それがつらくなって考えることを止めてしまうのは、やはり恋心のせいなのだろう。

「次はいつくるん……？」

「んー、まぁ、土日は休みだけぇ、そんとき？　公務員もそうだでな？」

「……うん」

警察官の休みは土日ではない。けれど、思わず頷いてしまった。

また、嘘を吐いている。

悲しくなってきた。

そんなとき、スマートフォンが震えた。藤岡からのメールだ。捜査に進展があったので会って打ち合わせをしましょうという内容だった。

「……あ、ごめん。仕事に戻らんと」

「おう、じゃあまた夜にな」

「……うん、じゃあまた」

進展とはなんだろうか？　この人の無実が証明できるものであればいいのに。

そう思いながら米子は福田の元を後にした。

＊

浜寺公園駅はその名前の通り、浜寺公園の近くにある。野球グラウンドが二面にサッカーグラウンドが二面。それに巨大な遊泳プール一面と四角いプールが六面。ソフトボール用グラウンド、テニスコート、アーチェリー練習場、バラ園、児童遊技場があったりと、かなりの広大だ。とどめを言えばその施設と同じほどの面積に松林が広がっていることでも有名だ。

入り口の脇には小さな蔵のような形の交番、左右には蛇腹を立てたような柱、その間に頭の丸い石の車止めが並んでいる。足下は石材で綺麗に舗装されていた。ところどころに立っている二股の街灯が、電線のない空にアクセントを加えていた。

姿勢の正しい藤岡はその付近にあるベンチに座り、タブレット端末をつつきながら待っていた。近づくと立ち上がって綺麗にお辞儀をする。

「お疲れ様です。デートのところを呼び出してしまって申し訳ありません」

ちなみに米子より二歳年上の三〇歳。それがこんなバカ丁寧なのだから嫌味にしか見えない。

「捜査が進展したって聞いたけど?」

そんなだから上下関係が厳しい警察内の人間であるにもかかわらず、米子はぶっきらぼうな態度にでる。

「いえ、花田さんが被疑者と接触したので進展したんですよ」

「おっま……」

ぶん殴ろうとしたが、なんとか思いとどまった。

「で、どうでしたか?　アリバイ、摑めましたか?」

摑めなかった。恋の命綱が、いまだに見えない。

「無言のところを拝見すると、なにも摑めなかったようですね。残念です。他になにか変わったことはありませんでしたか?」

この冷血漢が。そう思わずにいられない。思わずうつむいて下唇をかみ締める。

「本気で、好きなんですか?」

急なプライベートの質問に憎しみが空回りする。顔を上げると、藤岡の真剣な眼差しがあった。

「どうしますか？　捜査を諦めて、その人と一緒になりますか？」

「そ、それは……」

そうしたいと思う気持ちと、それはいけないという気持ち。どちらが本当の自分なのか判らなくなってくる。

「無実の証明も難しいです。犯人という確証もありません。だから、人を殺したかも知れない可能性だけは消えません。それでもあの人を好きだと言えますか？」

可能性。

そう、現状ではすべて可能性だ。

証拠が揃わない、すなわち犯罪者ではない、と言うわけではない。

状況証拠があるにもかかわらず、証拠がないから逮捕できない、起訴できない例は何件もある。

そうだ、気づいていなかった。

白でも黒でもない、灰色の人を自分は愛せるのだろうか？

愕然とする。

信じたいと願う。けれど願い続ける限り、疑っている。

信じていると自分に言い聞かせるたび、自分の一部を削っていく。

疑う心を押し殺し、正義の心を疲弊させる。

けれど、誰がなんと言おうとも、自分の信念を曲げてでも、相手を信頼することこそ、一つの愛の形ではないのか？

それができない自分は、藤岡のことを冷血漢だと思う資格はないのでは？

意地で「好きだ」とは簡単に言える。

一方で、それが正しいことだと言い切れるほど、幼くはない。

怖くなってきた。灰色の福田も、自分の気持ちも、今まで好きになった人が、すべからく犯罪者だったという呪われた実績も。

「こんなことを言うのもなんですが、僕は花田さんを信じていますよ」

いきなりの言葉に驚き、現実に引き戻された気がした。

「あなたの眼を、ですけどね」

「眼？」

「ええ、宮谷課長補佐もおっしゃってましたが、あなたの眼はいろんな意味で八幡《はちまん》の眼だそうですよ」

「八幡の眼……？」

八幡神は説明の難しい神様だが、さまざまな御利益がある神様であったり、武士の神様として祭られている。

「オカルトはあんまり好きではないので、僕の言葉で言わせてもらえるなら、犯罪を見つける推察眼という感じです。花田さん、あなたが呪われているとすれば、それは運命ではなく、男の好みです」

　男の好み。

　不意な単語に思わず思考が停止してしまう。

「僕が思うに、花田さんは犯罪者をちょっとした仕草や言葉、臭い、それらで嗅ぎわけるんでしょうね。でも、その特別な感じがどこかで気に入って好きになってしまう。そういうことだと長年の付き合いで判ってきました」

「あ、う、あ……」

「そういうわけで、あの人は黒です。絶対にあなたは気づいているはずです。その微妙な、なにかに」

　言い返す言葉も出てこない。ここまで断定されると逆に清々しい。

　ため息を一つ吐くと、段々おかしくなってきた。

　嫌味のようにも聞こえるが、信じていると言われたら悪い気はしない。本当に福田が黒ならば逆にすっきりするだろう。

薄情だといわれようが、花田米子は正義も愛する警察官だ。

灰色は、愛せない。

あきらめたくない恋も、黒か白かの一本勝負だ。

少しずつ心に力が湧いてくる。

「……まぁ、そうかもね。いいわ。なんか気になったことぜんぶ喋るから、足がかりになりそうなとこがあったら教えてよ」

「では、お願いしますかね」

米子は気になったシンナーの臭い、工場での仕事、換気扇の三点を藤岡に喋った。

「シンナーの臭いなんて、よく気づかれましたね……」

「鼻はいいみたいなのよねぇ」

「ああ、そうでした」

「いま、違う意味の鼻がいいを想像したでしょ？」

「現場に行くのはまずいですから、ストリートビューで見ましょうか？」

藤岡は米子の言葉を無視し、タブレット端末で地図を開いた。すぐに工場の場所を探り当てる。細い一方通行の道だというのに、三六〇度の写真が見れるようになっていた。

「この工場ですね。人が映ってますが……被疑者《マルヒ》ではないみたいですね」

「うん……ん？」

背筋がぞっとした。

「どうかしましたか？」

「あ、え……これ、違う……」

「違う……？　ここじゃないんですか？」

「ああ、そうじゃなく、この工場、私が見たのと、変わってる……！」

そのストリートビューの写真では、工場の突き当たりはトタンでできた壁だった。

＊

夜の待ち合わせは例の喫茶店の前だった。茶色のフィルムが張られた窓にサビの浮いた看板。古めかしく、セピア色に褪せて見える。

福田はすぐにやって来た。なぜかボストンバッグを持っている。そんなものを持ってきた理由は聞かず、二人はお店に入って前と同じ席に座り、またナポリタンを頼んだ。

福田からはもうシンナーの臭いはしなかった。

「ヨネちゃんさ。あれ覚えとる？　稲葉さんの」

稲葉琴《いなばこと》は中学生時代からの親友だ。同じ高校に通っていたので、福田も知っている。ただ、彼女と福田の接点は少なく、あまり親しくはなかった。

そんな彼が稲葉の話題を出すと言えば、あの事件しかないだろう。

「連続ラクガキ事件？」

彼女の机にラクガキが続いたことがある。油性マジックや蛍光ペンで「お前が好きだ」「ブス」「二重アゴ」「美人」「天才」「バカ」などとムチャクチャに書かれていた。

「そうそう。あのとき、ヨネちゃんすごい形相してたんだよ」

稲葉は性格が穏やかでとても優しかった。口数は少ないが、表情は豊かで見ていると癒される。とくに恥ずかしがって顔を真っ赤にするのが可愛らしかった。

大人しくて無口な彼女なら黙っているだろうと、誰かがやっていたに違いない。イジメだと思った。

すぐに米子は、稲葉のために校内を走り回り、犯人を捕まえた。一週間かかった。

確かに、そのときの米子の表情は怖かったと、友達全員が言っていた。おかげでこの事件は割りと同級生の中では有名になってしまった。

「そんなに凄かった？」

「そりゃもうなぁ。まぁ、無表情っていうほうが正しいだろうけどいや」

確かに、校内を無表情で走り回っている人間は怖いかも知れない。

「あ、あのときは必死だったわけで……」

「判っとる。凄い怒っとって、でも、悲しんどった。そういうのを、ぐっと我慢しとるんだって、思っとった」

本当に、福田は人のことをよく見ている。

実際に、米子はあのとき、とても悔しかった。自分がいながら、稲葉のことを守れなかったのは、二度目だったからだ。

稲葉は中学生時代も、イジメに遭っていた。

それをなんとかしようとがんばったが、結果は芳しくなかった。稲葉へのイジメはエスカレートし、ついに彼女は怪我を負った。我慢ならなかった米子はそれを証拠に先生へ、教育委員会へ、親へ直談判した。ようやく、稲葉を救えたが彼女が傷つく前に動けなかったことを悔やみ続けた。

そして高校生になって連続ラクガキ事件が起こった。今度こそ、という強い決意があった。だから周囲に恐れられるほど無表情で動き回ったのかもしれない。

「……なんか、恥ずかし。でも、なんでいきなりそんなこと思い出したの？」

福田はゆっくり米子の方を向くと、少しだけ微笑んだ。

「今も、あのときと同じ顔しとるだ」

言われて、思わず呼吸を忘れた。

「……え？　そ、そう？　気のせいじゃ？」

無理やり笑おうとするが、上手く表情が作れない。

「ヨネちゃんは、すぐ表情に出るだけぇ。仕事、当ててあげようか？」

なんと答えればいいか、判らなかった。

「ヨネちゃんは、しっかり自分の仕事をすりゃええだ。気にせんで」

悲しくなってくる。

「私は……刑事」

自分で、自分の職業を確認するように呟く。

「……うん、ええが。似合っとる。やっぱり、普段は殺人事件とか追っとるだか？」

「……うん」

福田は意外と落ち着いた素振りだった。それを見て米子は、もしかしたら、やはり無実なのではないかと言う気持ちが少しだけ戻ってくる。

「今はね、この近くで起こった強盗殺人事件を捜査してるの」

「強盗……殺人事件」

「うん。犯人は二酸化炭素のガス缶を使って業務員とお客を気絶させて二千万円、奪った。そのとき、一人お年寄りが亡くなった」

「……そっか。ニュース、見とらんかったけぇな……」

福田がぐっと拳を握った。

「……目撃情報でね、犯人のうちの一人が、白手袋をはずして、脈を確かめてたみたいなんだ。たぶん、心臓にかかる負担のことを心配してたんだと思う。普通の犯人は、そんなことしない。知ってる？　世の中には本当に本当の悪人がいて、そいつらは決まってこう言うの」

米子は軽く息を吐いた。

「普通は罪を犯したら、良心が痛むだろう？　オレたちはな、痛くもなんともねーんだ、ってね。だから、おばあさんを気遣ったその犯人は本当の悪人じゃあないと思う。なにか、思うところがあって強盗に踏み切ったんじゃないかなって」

福田が犯人であって欲しくない。

犯人は、本物の悪人でなくとも、善良なおばあさんの命を奪ってしまったのだから。

「……痛い、なぁ。殺しちゃったのか……オレ……」

自分の耳を疑った。

けれど、聞き間違いではなさそうだ。

思わず涙がこぼれそうになる。

やはり、福田が犯人で間違いないのだ。

頭の中では整理をつけてここへ来たはずだったが、それが事実だと判明すると、やはりつらかった。

「……なんで、逃げなかったの……？」

思わず訊いてしまった。

福田は肘をカウンターにつき、指を組んで、大きなため息を吐く。

「逃げる必要は無ぇ《ね》と思っただが。車の細工もしたし。そういえば、車は見つかっただか？」

「……うん。場所は判った。まだ、調べてないけど。たぶん、お金もそこにあるんじゃないかな」

「そっか。じゃあもう解決ってわけだ」

「うん。だから、後はきっと逮捕するだけだと思う」

「……そっか。いつ、逮捕されるんかなぁ？」

「捜査令状をとって、現場を調べて、逮捕令状が出てからだから、明日にはなっちゃうかな」

「ちょうど今ぐらいに現場を調べてる？」

「ううん。それも明日になると思う。ちょっとだけ、時間をもらったんだ」

「そういうの、できるもんなん？」

「たまにはね。上司に知られたら大変だけどさ」

「なんで？」

「人を殺してる場合は、どれだけ罪を重くするかで捜査本部内で紛糾したりするの。許せないんだよね。人殺しは本当に。だから、自首を勧めるような行動は、警察内ではあんまり褒められないんだ」

「もし、そんなことしたらどうなるん？」

「んー、いや、とくになにもないと思う。監査官の印象が悪くなるくらいかな？」

「監査官？」

「公安だよ。警察官の素行を見張ってる警察内警察ってやつ」

「……そっか」

「おまちどうさん。あっついから気ぃつけてな」

注文していたナポリタンがカウンターごしに出される。前と同じようにパチパチと油のはじける音がした。

「今日は味噌汁はええんか？」

「あ、今日は、いいです」

「ほな、ちょい席はずすな。帰るときは言うてんか」

店主は雰囲気を察してか、店の奥に引っこんでしまった。

「……味噌汁は、シンナー対策？」

「うん。まぁ、嘘か本当か知らないけど、一応、昔からね」

シンナーはトルエンと呼ばれる化学物質がよく使われる。トルエンは脂肪に溶けこみやすいが、割と簡単に排出される。それでも毎日のように吸っていると、体へ溜まってしまう。脂肪に溜まったトルエンはさまざまな健康障害を起こすが、ペンキやニスなどを伸ばすためには必要なものだった。そのため関連業界の人はシンナーが体に悪いと知りつつも使用するしかない。防ぐ手立ては換気、マスク、解毒の三つに絞られる。解毒は肝臓にがんばってもらうしかない。味噌汁にはその肝臓に取りつく、いらない脂肪を溶かす効能があるらしい。それで肝障害を防ぐ。結果、トルエンの解毒と繋がっているようだ。

「車の塗装って大変？」

「あー、思った以上に。なんだぁ。その細工も判っただか」

　福田はそう言って苦笑した。

　犯行に使われた車は福田の工場にあると思われた。板で工場の奥をしきり、小部屋を作り、そこへ隠しているのだ。

　福田はその材木を家から持ってきた。Nシステムに残っていた写真を解析した結果、大きな板を積んで大阪に入った福田を見つけられた。大阪に来た日を聞いていたお陰で簡単に発見できたのだ。そしてその板はあの工場に取りつけられている。

　だからこそ、工場の奥にあった換気扇が、外からは見えたのに、工場の中からでは見えなかったのだ。

　板を運んだワゴンが、そのまま犯行に使われていたと確証ができたのは、ナンバープレートからだ。そのNシステムに映っていたナンバープレートの文字は偽造されたものだった。目撃証言によるナンバーと実際の車両が食い違っていたのは、3を8に、『は』を『ほ』に見えるよう塗装を施したためと思われる。本物を見つけてから検分すれば確証を得られるだろう。

　身柄拘束は自動車登録番号票の偽造罪で可能になるため、この時点で福田はもう逃げられなくなっている。

車の色も同じように塗装を施したと思われた。鳥取から大阪へくる段階では白。犯行当時はオレンジに塗り替え、そしてまた白く塗装して大阪を脱出する気だったのだ。Nシステムの穴、犯行に使われた車は乗り捨てられるという固定概念の裏を突く方法だった。

塗装に使ったペンキが判れば、すぐに購入者の顔も割れるだろう。

「……なんで、こんなこと……？」

「実家がな、潰れそうなだが。それを、どうにかしたかっただ」

「他に、方法は？　……強盗なんか……」

もう福田を見ていられない。ナポリタンに視線を移す。

「……ヨネちゃんは、鳥取に戻ってこんだか？」

急に話が変わったが、その声は穏やかだった。彼に逃げる気などないのだろう。米子は付き合うことにした。

「……大阪府警に、就職しちゃったからね」

「鳥取県警はいけんだか？」

「区分が違う……っていうか、違う会社みたいなもんなんだよね」

「へぇ。……じゃあ、なんで大阪に行ったん？」

「……なんでって、そうだなぁ。行きたい学校がこっちだったから、かなぁ」

「じゃあ、その学校の後、なんで鳥取に戻ってこんかっただ？」

胸に、少しだけつかえる物を感じる。

「……都会の暮らしに、慣れちゃったのはあると思う。戻ったら不便だなーって。絶対、車がいるし。仕事は警察を選んだけど、やっぱり働き甲斐があるのは都会かなって思ったし」

事実、鳥取は犯罪率が低く、大きな事件がほとんど起こらない。一方で大阪の犯罪率は不名誉なことに高かった。それをどうにかしたいと考えたから、大阪を希望したともいえる。

「……うん、だわな。だから、家の仕事、潰せんと思ったんよ。がんばったぁけどな。融資も断られて、どうにもならんかった。知らんと思うけど、二〇一二年にな、木材の価格がまた落ちたんよ。それが、もうトドメだったぁが」

田舎には、仕事が少ない。だから若い人は仕事のある都会へ出て行く。都会でしかできない仕事もいくつかあるだろう。

それと高齢化の影響もあってか、鳥取の人口は年々三〇〇〇人規模で減っていた。

「都会は、ぜんぶ奪っていくだ。田舎にはほとんどなんも返さん。仕事も、みんな……だけぇ、都会が恨めしくなっただ。融資を断られて、むかついたのもある」

「……だから、仲間を集めて強盗を……？」

「うん。けっこう簡単だったで。逃げ切れるかと思ってた」

「……実際こっちは、けっこう危なかったよ」

「……でも、あのおばあさん、死んじゃったかぁ……」

殺すつもりはなかった。そう言いたげだった。だが、言い訳はしなかった。

二酸化炭素を使ったのは、たぶん「毒ガス」というイメージがないせいだろう。だが、二酸化炭素でも、酸素でも、用法を変えれば毒なのだ。

「家族に、どう言おうなぁ……」

聞いたことのない、弱々しい声だった。

「……自首ってことにしてあげられると思う。情状酌量も、なんとかなると思う」

自分でも甘いと思ってしまう。

けれど、彼にも助けたいものがあったのだ。そう思えば、絶対悪だと断じれない。

もちろん罪は罪だが。

「ナポリタン、食べていい？」

福田は苦笑いを浮かべながら、そう言った。

「……うん」

パチパチという音は、いつのまにか止んでいた。中央の卵も、熱で白く濁っていた。

「やっぱ、樹里のがうまいな」

「……うん」

「あんな。こんなときだけど、言っていい？」

米子は自分でも驚くほど冷静に彼の言葉を受け止めた。自意識過剰だと思いつつも、それは告白だろうと思った。返事に困る。

犯罪者は愛せない。

たとえ優しくて、思い出を共有したり、その正義感や都会への怒りに共感できて、今、涙が流れたとしても。

米子が強く信じるものを裏切ってしまうことになるから。

冷たくてもいい。

自分が自分であるために、米子は諦めるのではなく、恋と決別することを選んだ。

「……いやだ」

勇気を振り絞って呟く。

福田は改まって体を米子に向ける。

「いやでも聞いてもらうな」

「いやだ！」

椅子を回転させられ、米子も福田に体を向けることになった。

顔は上げられない。

「……ヨネちゃん。ずっと言おうと思っとったけどな」

思わず耳を塞いでしまう。けれど、完全に音がさえぎれるわけではなかった。

「……スマホの待ち受けに、ピーポくんはないと思うで？」

「へ？」

同時に出入り口のドアベルが激しく鳴った。

「福田潤平！　信用金庫強盗および殺人罪、自動車登録番号票の偽造罪で逮捕します！」

藤岡だった。駆け寄り二人の間に体をすべりこませ、福田を取り押さえに入る。

柔道でならした福田なら、身長一七〇センチ程度の細身の男なら逆に投げ飛ばせただろう。

しかし、抵抗の素振りを見せず手錠をかけられた。

捕り物劇は一瞬で終わった。店の外には滝田と村上が待っており、護送の準備も万端だった。

ゆっくり店から出て行く福田の背中は丸まり、高校生のときの背中よりも、小さく、疲れているように見えた。

「ありがとう、ヨネちゃん……」

背中ごしに礼を言われる。どう返していいか判らなかった。

まごついていると「いい人、見つけぇよ」と大きな声でつけ加えられた。

「……ほんに、だらずだっちゃ」

米子は笑いたいような、泣きたいような、殴りたいような、複雑な気分で、そう呟いた。


この後日、福田の自供により他の共犯者も逮捕されることになった。

インターネットを介して出会った犯罪者仲間はなんの共通点もなかったが、福田ほど偽装に気を使っていなかったので、あっさりと捕まえられた。

事件が落ち着いた頃、こっそり一人で被害者のお墓参りに行った。その後、例の喫茶店に寄ってナポリタンを食べようと思ったが、店のドアには閉店のお知らせが貼ってあった。

幕間「米子、串升に通う・夏」

米子の住まいは神崎川という場所にあった。梅田から北に四キロ弱。淀川を渡り、阪急線沿いを北へ上がる。地名の由来となっている神崎川に突き当たってから川沿いを東に進んだところだ。そこに大阪府警警察官舎、神崎川宿舎がある。

かなり年季の入った建物で、外観はボロい。池田市や寝屋川市にある官舎と比べれば絶望感を味わうほどだ。

ただ、その分だけ安い。官舎はそもそも家賃が格安なのだが、輪をかけて値引きされている。年収の低い刑事にとっては、とてもありがたい。中もしっかり改装されているので不便もない。唯一気になるのは風呂周りが狭いところだろうか？

官舎は二種類。1LDKか3LDK。米子は独身用の1LDKを使っていた。普通は六畳一間なので広い方だと言える。

捜査が始めると帰れないが、起訴の段階に入った頃は少し余裕ができる。また、担当の事件が終わり、他の捜査に合流するまでの間も家に帰れるタイミングだ。

その日、銀行強盗の一件にもカタがつき、米子は傷心のまま帰路についた。

やはり同級生を起訴するのは忍びない。

誰かと話したい気分だったが、家に帰っても一人だ。玄関にはたくさんの靴が散らかっているというのに、ぜんぶ自分のものだと思うと物悲しい。

寂しいからと言って呼び出せる恋人もいない。

そこで米子はいつも通っている店に行くことにした。

阪急神崎川駅で降り、東口を出ると二車線の狭い道に着く。

その一帯は一軒家と小さなマンションが寄り合っている閑静な住宅街だ。生活の基盤となる古びたグルメシティ《スーパーマーケット》を中心に、個人でやっている飲食店、スナックなどが散見できる。

目的の店『串升《くします》』は、そのグルメシティの目の前にあった。

米子の大好物である串カツを食べさせてくれる、小さな店だ。一般的な串カツ屋と違うのは創作串カツという点だろう。

「こんばんはー」

「いらっしゃい。お一人？」

暖簾をくぐり、引き戸を開けるとカウンターと店主が出迎えてくれる。店主は五〇歳くらいのおじ様で少し可愛らしい雰囲気があった。身長は低め。作務衣《さむえ》と白髪、ちょび髭がよく似合っている。

十二席しかない店内は狭いが、とても清潔に保たれている。初めて来たとき、お店を開いて三年程度だと思ったほどだ。燻し銀の壁紙だけは張り替えたらしいが、実際には二〇年も続けている大ベテランで、その前は別の場所で同じように串カツ屋を営んでいたという。

いつも混んでいるのだが、今日は米子一人のようだ。カウンターは左がL字に折れている。その奥の席に座り、さっそく「おまかせで」と頼んだ。旬のネタを順番に揚げて提供してくれる。飲み物は生ビールを頼んだ。今日くらいは許されるだろう。

付けタレは右からソース、塩、ゴマダレ、醤油、お酢の五種類。五つに区切られた細長い平皿に入れられて出される。揚げた串を置く金網のところにレモンも添えられていた。ネタによってつけるものを変えて楽しむのだ。味に対する追求、創意工夫の姿勢が米子の心を摑んで離さない。

「はいー、辛子明太子です。そのままか、お醤油でどうぞ」

さっそく一本出される。串の先に円形のカツが一つ付いている。

米子は手を合わせて「じゃ、いただきます」と言うと、かじりついた。

衣はサクっといい音を立てる。まずは意外性を発揮するササミの柔らかな弾力。初めての人は『辛子明太子』と聞いていた分、驚くだろう。この串は明太子の周りにササミと海苔が巻かれているのだ。ササミの甘味、次に海苔の香りと一緒に、タラコの粒々、しょっぱさがやってきて、ふわりと磯の香りを口いっぱいに広げる。甘味と塩気が幸せそうに手をつないで踊った。揚げたてなので、熱くて美味い。

「ふーむ！」

噛めば噛むほど甘味と柔らかさ、粒と海の味が交じり合っていく。そこに冷たいビールを流しこんだ。空腹が満たされると同時、手間暇かかったプロの味をいただいたことで明日もがんばろうという気分になる。

「はー！　あー、やっぱおいしいですねぇ……！」

「ありがとうございます」

ただ、創作串カツだけあって少し値は張る。安いのは他のお店と同じように一本一〇〇円。高いのは一本三〇〇円だ。ただ、味の前では些細なことだった。それだけこの串カツはおいしい。

「ここで、こうやってプチ贅沢するのがたまらんです」

「もっと来ていただいても構いませんよ？」

「そうしたいんですけど、忙しいことが多くって……」

「花田さんは、たしか警察にお勤めでしたか？」

長い付き合いもあって、オトウさんは米子の職業を知っている。

「なんか、警察にお勤めって言うと、捕まえられた方みたいですよね」

「あ、失礼を……」

「すみません、怒ったとかじゃなくて、そんな風に聞こえて面白いって話です！」

「そうでしたか。確かにそうですねぇ。それで、警察はお忙しいですか？」

「そうですねー。忙しいですねー。少し時間ができるようだったら、体作らなきゃですし、精神的にもしんどいこと多いし……」

「大変そうですねぇ……どうぞ、アスパラです。お酢でどうぞ」

「ふあぁ、いただきます……！」

真っ直ぐ伸びたアスパラにからしマヨネーズが惜しみなく塗ってある。さっそく一口。噛むとアスパラ本来の甘味が口に広がっていく。串升のアスパラには苦味がない。柔らかく、繊維も簡単にほぐれた。からしマヨネーズの味もそこに広がり、みごとなまとまりを作り出している。凹みかけた気持ちが再び元気づけられた。

「おいしー！」

「よかったです。お仕事の愚痴も、わたしでよろしければ、お聞きしますよ」

魅惑的なお誘いだった。ただ、人権保護や守秘義務などもあり、事件のことは喋れない。けれど、米子もしょせんは人の子。愚痴の一つもこぼさねば、精神を保てない。

「……じゃあ、聞いてもらえます？　あ、例え話なんですけどね。でもオフレコでお願いします。聞かなかったって奴で」

念を押してから、同級生と運命の再会を果たしたものの、その人が犯人だった事件のあらましを、ぼかしながら伝えた。その動機が『地元の仕事がなくなること』だったことも話した。

「……それは、どう申し上げたらいいやら」

「すみません、変な話、しちゃって……」

「いえ、でも、故郷を愛していらっしゃったんですねぇ」

心臓がきゅっと身をすくめた。

米子も故郷が嫌いなわけではない。だからか、故郷を離れ大阪で就職したことは、少し負い目に感じている。

「故郷があるのは、うらやましいですねぇ」

「オトウさんにも、あるんじゃないですか？」

店長さんのことを米子はオトウさんと呼んでいる。どことなく父親のような雰囲気があるからだ。

「わたしは、両親の仕事の関係であちこち引越しをしていましたから、故郷と言われてもぱっと出てこないんですよねぇ」

「……あっても、そんなにいいものだとは思いませんけどね。とくに鳥取なんてなにもありませんよ。買い物する場所だって定番のモールくらいしかないから、たまに故郷に帰ってそこ行くと、プチ同窓会になったりするんですよ？　観光だって、砂丘とでっかい池くらいしかないですし」

砂丘の近くに湖山池《こやまいけ》という池がある。池としては日本一なのだが、ならばひと文字目の湖とはなんなのかと聞きたくなる。ちなみにどうでもいい話だが二〇一三年にアザラシが発見され「コヤマみどり」略して「コヤちゃん」と名づけられた。そして現在は行方不明だ。

「境港《さかいみなと》とか、妖怪とかもあるじゃないですか？」

「どっちも西部ですね。西部は西部で独立してる感じなんですよね。まぁ、さすが元は二つの国だったというべきですか……」

鳥取は元々、東部の因幡国、西部の伯耆《ほうき》国に分かれていた。江戸時代はさらに細かくいくつかの藩に分かれ、その後、池田氏が入封（藩の領主になること）し、因幡、伯耆をまとめた鳥取藩が立藩。明治の廃藩置県で鳥取県となった。

これも余談だが、鳥取県は西隣の島根県に併合されたことがある。結局、鳥取市に置かれた市役所が島根県側からすると半端なく遠いという話があがって、わずか五年で元に戻った。

「そういうのは、やはり地元の人でないと判らないものなんでしょうね」

「そうですねぇ……」

「ただね、故郷がないと、そういう話もできないんですよ。あれがダメ、これがダメ、でもここがいい。これがあって、あれがない。話題も難しいです。嫌いでも、好きでも、故郷はあった方がいいと思いますよ。ほら、よく言うでしょう。好きの反対は嫌いじゃない。興味をもたないことだって」

鳥取を悪く言うのも、それだけ親しみを感じているせい。そう考えると、少しだけ許された気がした。

これが洋画などでよく見る告白、懺悔の感覚なのだろうか？

「オトウさん、神父様みたいですね」

「いやいや、そんな大層なものじゃありませんよ。牛《ぎゅう》です。右端ソースでどうぞ」

牛は直球だ。お肉そのままを揚げてある。じゃっかん熱いくらいの衣。そのサクサク感、肉の弾力、肉汁とソースが交じり合った、少し酸味の利いた味。申し分なし。

「んまー！」

「ありがとうございます。まぁ、形はどうあれ、故郷を思うことだけでも、故郷のためになっていると思いますよ。わたしは」

「そう、ですかね？」

「はい。こうやって故郷のことを話してくださるじゃないですか。そうしたら、わたしと、花田さんの故郷に縁ができる。縁ができたら、いつか住むことが、あるかも知れないじゃないですか」

米子は娯楽で読書する場合、主に時代ものを好んでいる。侍や、当時の歴史が好きなのだ。その時代劇を描く作家の一人に司馬遼太郎がいた。著作の中に『街道をゆく』という本がある。日本各地のみならず、ときおり海外にも出てその風土を記録したシリーズだ。その中の一冊に鳥取県を訪れたものもあり、楽しく読んだ記憶がある。

シリーズ二十七作目『因幡・伯耆のみち、檮原《ゆすはら》街道』のきっかけは司馬の住んでいた近所の開業医にあった。安住《あずみ》という名の人で、出身が鳥取だったと言う。その縁で司馬遼太郎は二十七作目の冒頭を鳥取県、八頭郡智頭町、早野《わさの》から始めている。

この早野という土地を米子は知っている。母親の故郷が、その近くにあるからだ。海抜三六〇メートルほどの高さにある集落。山と山の間を縫って下る土師川《はじがわ》に沿って一車線の頼りない道が続く。

道の側には田んぼか家かのどちらかしかない。店という店はだいぶ昔に姿を消した。本当になにもない場所である。ただ、自然と少しばかりの歴史があるくらいだ。

それなのに、大作家の司馬遼太郎がそこへ来たのだ。

それを思い出すと『縁』と言うのは人の気持ちを動かす不思議な力があるように思えた。

「……そうですね。少しは、私も故郷の役に立ってますかね」

「ええ、間違いなく。はい、レンコンです。ソースでどうぞ」

見た目は普通のレンコンだが、実は穴にカレーが詰めこんである。レンコンのシャキシャキ感とカレーの出会いが最高の一品だ。

「じゃあ、もう少し。故郷の話をしてもいいですか？」

「ええ、ぜひにどうぞ」

「じつは鳥取県民もカレーが大好きで、カレールー消費量が日本一だったんですよ。でも、佐賀に抜かれて……」

米子は故郷の話を夢中で続けた。
きっと、これが福田潤平と故郷への償いになると思って。

第二話「米子、習い事をする」

良い嫁の条件といえば旦那に「家に帰りたい」と思わせることだと聞いた。

では、旦那はどうすれば家に帰りたいと思うのか？

その答えは、ずばり居心地の良い家庭。

ならば、居心地の良い家庭を作るには？

様々な方法があるとは思うが、答えの一つが「胃袋を摑む」だと米子は思っている。

ゆえに米子は料理を学ぶために料理教室へ通っていた。

ただ、刑事の仕事はとてつもなく忙しく、教室へは滅多に行けない。

その日は米子の担当していた事件が一息ついた。今後は資料をまとめ、第一期を過ぎた事件に合流する手はずになっている。

第一期とは事件発生から三〇日までの期間を指す。心理学者エビングハウスによって提唱された忘却曲線を参考に決められた。忘却曲線とは人の記憶と忘却の関係を表したもの。それによると、どんなに記憶のよい人でも三週間後には七十九パーセントのことを忘れてしまうらしい。実際、第一期を過ぎると途端に事件は長期化してしまう。下手をすれば「みや入り」……いわゆる迷宮入りだ。なので、第一期は寝る間も惜しんで捜査をする。それこそ死ぬほど働く。実際に刑事の殉職で一番多い原因は過労死だと言われているほどだ。シャレにならない。

だから、休暇が取れるときはしっかり取らなければならない。そのタイミングがやってきた。人を人とも思わない上司、宮谷にも少しはいいところがある。

ここのところ捜査は落ち着いているので、休む方も気兼ねがいらない。新しい証拠が見つからなくとも、有罪は免れない状況だからだ。後は残りの証拠を細かく集め、ダメ押しをする程度で良かった。手抜きではないが、第一期の忙しさに比べれば、体力にも余裕ができて当然だった。

（明日は休み。今日は水曜だし、久々にアレ、行ってみようかな）

というわけで、夕日が沈むころ、大阪府警本部近くの谷町四丁目駅から東梅田へ。そこから阪急駅の方面にあるファッションビルへ向かう。近くには雑貨を扱うデパート、超が付くほどの大型書店、テレビ局などがあるので、いつも賑わっている場所だ。

ファッションビルには服飾、靴、家具、雑貨などの各ブランドがテナントとして入っている。上の階に行けばＣＤショップ、楽器店などもあった。

その三階に米子の通う『いろは料理教室』がある。

「いらっしゃい。花田さんお久しぶりねー！」

教室は前面がガラス張り。外からカラフルな中の様子がはっきり見れるお洒落な教室だ。周りはファッションブランド店が軒を連ねているので、見劣りしないように頑張っているのだろう。

「お久しぶりです、高洲先生。今日はよろしくお願いします」

高洲《たかす》良子《りょうこ》。この料理教室で二番目に偉い先生で、出会ったときは同い年か、少しだけ年上だと勘違いしていた。実年齢は四十五歳。初めてそれを知ったとき、人はこんなにも年齢に抗えるものなのかと衝撃を受けた。ひょっとすると、集まった生徒たちから若さを吸い取っているのではないかと危惧したのを覚えている。なぜなら、そのほとんどの人が実年齢よりも老けて見えるからだ。

バラが好きそうなイメージがあるので、米子は心の中でバラの美魔女と呼んでいる。

「今日は私じゃなくて塩崎先生が見てくれるから、がんばってね」

「え、ほんとですか？」

塩崎隼人《しおさきはやと》はこの料理教室の講師で数少ない男性だった。教室の経営者だが三十五歳と意外に若い。性格的には多少変わっているが、女生徒たちからの人気は厚かった。

そう、顔がいいから。いわゆるイケメンだから。米子から言わせると若い頃の勝海舟似。垂涎ものである。

インターネット界隈ではイケメンだから許されることを「※《こめ》ただしイケメンに限る」と呼んでいる。略称して※《こめ》と言ったりもするが、米子は好意と憧れ、独自性を持ってただし先生と呼んでいた。

こういうネットの情報は合コンの時にも役に立つので積極的に摂取している。仕事の合間になにをしているのかと怒られそうだが、息抜きは大切である。

そのネットの情報によると『いろは料理教室』はあまり評判がよろしくない。確かに体験授業の中に「コースを選択し、契約の書類を書く」がすでに盛りこまれているなど「体験授業を受けたら入るのが当たり前」の流れにはドン引きした。入会を渋ると担当の表情と語気が険しくなったりする。

しかし、チケット制で自由に通える料理教室は数少ない。比較した結果、割高ではあったがここに通うことにした。担当者の表情が手のひらを返したように笑顔になったのが、なんとも嫌な気分にさせてくれた。ただ「あの人たちも会社員。ノルマがあるのだ。察してあげなくてはいけない」と考えて許した。

そんな悪名高い料理教室でも通う人は多い。押し切られて仕方なく通うことにした人もいるだろうが、やはり店舗がお洒落な上に、チケット制で融通の利くところが女性たちの心をキャッチしているのだろう。

　教室には鮮やかなピンク色のロッカーがある。そこに自分の荷物を入れ、デニム生地のエプロンとワンポイントにウサギの入った茶色のスリッパを用意していると、背後から声をかけられた。

「あー！　よねちゃん、久しぶりー！」

　振り向こうとした途端、背中に抱きつかれる。豊満な胸の感触が背中をくすぐった。このボリューム、そしてこの声、間違いない。

「成海ちゃん？」

「あったりー！」

　振り向くと、佐藤成海《さとうなるみ》がいた。一六五センチの米子より少し高い身長だが、フワフワのソバージュが似合う可愛らしい人だ。

　米子の前では、はしゃいで見せるが、誰よりもおしとやかで女の子らしい。その上、行動力があり、包容力もある。例えば、彼女は人の肩にゴミを見つけたら、何かしらの理由で自然に肩へ触れ、さりげなくゴミを取る。相手に気づかれないのがポイントだ。米子は傍で見ていたので気づいた。

誰かが料理で少し失敗すると「じゃあ、ここをこうしたら？」などと手を加えてミスを個性に変えてくれる機転のよさもある。カップケーキをパンダ模様にするという授業のとき、米子の作品は宇宙人のグレイみたいになったが、そこに手を加えてかわいらしいウサギにしてくれたことを米子は今でも忘れない。あれは魔法と呼んでも差し支えない。

他にもある。料理中に少しだけ「仕事がきつい」と愚痴をこぼしたのだが、その時も「本当につらければ頼って。私がなんとかしてあげるから」と真剣な瞳を向けられた。思わずときめいてしまった。頼りがいがあるという点ではなく、そこまで真剣に話を聞いてくれる気持ちが嬉しかった。

乙女度、人間力、共に最強の二十三歳。この料理教室でしか会わない……というより会えないが、メールはしばしば交わしている。何度か互いの相談ごとをし、仲良くしてもらっている。米子は成海を勝手に『心の中の嫁』と呼んでいる。

「久しぶりー！　どう、元気だった？」

米子はつい嬉しくなって抱きしめた。成海も抱き返してくれる。

「うんっ！　よねちゃんも元気、そう……？　疲れてる？　大丈夫？」

顔を離してまじまじと見つめてくる。リスのようなくりくりの目が可愛らしい。

「あれ、判っちゃう？」

「大事なお肌が荒れてるもの。化粧水、使う？　あと乳液も持ってるけど……」

「ありがとう、でも大丈夫かな」

成海は常に気遣いできる人で、人間として優しい。

米子は塩崎のことが割りと好きなのだが、成海も同じく塩崎を好きだった。どちらが大切かと言われると成海の方に軍配が上がるため、成海を応援する立場を取った。塩崎にはこれ以上の好感を抱かないようにしている。

それでも米子の弱点の一つは武士風のイケメン。それが幕末に活躍した勝海舟と似ているとなればなおさらだ。顔がほころんでしまうのは致し方ない。

「米子さんお久しぶり！　相変わらずスタイルいいねぇ！　準備はいい？　始めちゃうよ！」

塩崎が調理台の方へ向かう。女性の体型について触れてくる辺りセクハラ気味だが、褒められているので悪い気はしない。

教室はとてもポップで可愛らしい空間だった。白い調理台は九つ設置されており、一度に大勢の生徒が実習に参加できる。壁にはスチールラックがあり、そのすべてにオーブンがしつらえてあった。奥は流し台だ。その裏手に事務所もあるらしいが、米子は中を見たことがない。他の特徴的な部分としては、天井から大きなモニターが四つ、ボールのような照明がいくつか吊られている点が挙げられる。

「今日はパンを作りながらサラダ、クリームパスタ、オニオンスープを作りましょう！　まーずーは、手をキレイキレイにするでごっつぁん～」

謎の力士言葉を使いながらアルコールスプレーを撒く。謎過ぎて理解が追いつかないが、イケメンがやることによって笑いへと昇華する。

さすがただしくんである。

ちなみに不細工であろうと米子は面白い人が好きだ。逆にイケメンであっても人を馬鹿にしたり、いちいち嫌味を言うような性格だと、どうにも好きになれない。ふと藤岡のことを思い出す。しかし、深く思い出すとイライラするので慌てて頭を振った。

「はーい、じゃあまずイースト菌を起こしますー。イースト菌はあったためると活動を始めるので四〇度のお湯をかけます。はーい、目覚めよ～。じょばばばばば」

塩崎が手本としてイースト、小麦粉、砂糖を入れたボールに湯を注ぐ。

「はーい、じゃあちゃっちゃと混ぜたら、次にバターと塩を入れてくださいねー。できるだけダマにならないように。はーい、できてきたらコネコネ～。縦に伸ばしてくださいねー。そうそう。つぱってつっぱってー。ドスコーイ。ドスコーイ」

その様子がおかしいのか、女子生徒たちはみなクスクスと笑った。

変な擬音や力士言葉だけで笑いが生み出せるあたり、ただしくんはただのイケメンではない。

そうは言っても、自分の素を飾らず見せている部分や、おどけて人から笑いを引き出す気遣いで人間的な魅力を感じる。

「よねちゃん、パンこねるのお願いできる?」

「ばっちこーい!」

武道をやっているから、腕っ節には自信がある。そういうところを見透かして、人を立てるという奥ゆかしさが成海にはあった。

「はーい、次はブイ字にこねてパンを保湿しますよー。もっちもちの力士おっぱいみたいになるでごわすー」

ただしくん発言は続く。くだらないからこそ、米子は笑えた。

もちろん、講師としての役割も忘れていない。しっかり全員が出来ているか見回る。

そのとき、たまに女生徒の肩に手を置く。机と机の間が少し狭いため、そうやって「通るよ」と注意を促しているのだ。さりげないスキンシップ。わざとそうやっていることをみんな知っているが、ただしくんにはなにも言わない。

「東海林くん、ごめんねー。やっぱ男の人でかいからねー」

そしてそのダシにされるのがもう一人の男性講師、東海林幸雄《しょうじゆきお》だ。非常にのんびりしているのと顔のせいもあってラクダのような印象がある。ただ、でかいと言っても身長は日本人男性の平均である一七一センチほどだろう。

彼もそれなりに人気があるが、米子の好みではない。物を教えてくれるときはいいが、覇気がまるでない。付き合ったりしたら、あの雰囲気に呑まれてこっちまで暗くなる気がする。

別に内気な人が嫌いというわけではない。一緒にいてなんだか、暗くなってしまう人が嫌なのだ。

隣の卓で同じメニューを教えていた東海林もひと段落したのか、見回りをしようと動き出したときだった。不注意で塩崎と軽くぶつかった。

「お、すまん」

塩崎がそう言いながら距離をとると、今度は成海とぶつかった。

「きゃっ」

「あ、わりぃ」

その結果、保湿のために丸めていたパン生地が潰れてしまう。みんな一斉に「あ」という声を上げたが、すぐに「大丈夫、ぜんぜん大丈夫。もっかいしっかり丸めて

〜」とフォローを入れていた。

いたって普通の光景。料理教室ではたまにある日常の風景。

そう思うのに、米子は塩崎の言葉遣いに妙な引っかかりを覚えた。

ぐううううぅぅぅう……。

けれど、米子のお腹が急に鳴り、その違和感を忘れさせる。

（やばい。たしかに今日はお昼をあんまり食べてなかった……！）

咄嗟にお腹を押さえるが時すでに遅し。

「はいはーい、誰か判らないけど、もうちょっと我慢しようねー。すぐにおいしいご飯できるからねー」

それでも塩崎は場を和ませるように言葉をかけてくれる。隣では成海も米子と同じようにお腹を押さえてくれていた。

仕事場とは違う。

優しい時間が、ここにはあった。

＊

翌日、米子は目覚ましではなく、緊急の呼び出しで朝を迎えた。殺人事件発生。休暇は一時とりやめ、捜査に合流するようにとの通達だった。

急ぎスーツに着替え、タクシーを捕まえる。行き先は例のファッションビルだと聞かされて米子のストレスは天井知らずに積み上がった。

現場に到着すると、思わず米子は心の中で「ガッデーム！」と絶叫した。この場合「ちくしょう」の意味であるが、神が人を地獄に落とす意味合いも含まれている。

被害者は塩崎隼人。つまり、ただし先生。勝海舟風イケメンだ。

貴重なイケメンが一人、この世を去ってしまったことは無論、残念であるが、何よりもこの現場に刑事として来たくなかった。

米子の人間らしい生活が、優しい時間を与えてくれる場所が何者かに砕かれたのだ。

頭を抱えて憤っていると、宮谷がやって来た。課長補佐が自ら現場にやってくるのは珍しい。

「どうしたんですか？　宮谷さんが直接くるなんて……？」

「んー？　お前の顔見に来たんやないか。しっかり働《はたら》きぃ」

そう言えば、ここに来るよう米子に命令したのは宮谷だ。

首を絞めてやりたかったが、そんなことをすれば現行犯で捕まってしまう。

それに自分は正義を愛する警察官。心を鎮め、我慢しなければ。

「で、どいつに惚れとったんや？　ちゃっちゃかゲロしや」

が、我慢の緒はあえなくちぎれ、怒りが血液と共に頭に昇って来た。

「人として、デリカシーが、足りないっ！」

だが、やはり正義を愛する心が怒りを鎮め、米子は指差す程度にとどめた。

「それで事件はさくっと解決するんや。こんな頼もしいこともないやろ。それともなにか？　みや入りでもさせたいんか？　ん？」

本当に宮谷はいつも人の意思を砕こうとする。言葉の端々に暴力という印象があった。それでも刑事だ。犯罪撲滅のためにそうしているのだろう。

が、知ったことではない。

「誰が答えてやるかぁ！」

「おお、ええ度胸やないかい。一本勝負でもするか？　ん？」

宮谷が柔道の構えを取る。米子も反射的に構えた。自分で言うのも癪だが、まるで怪獣大決戦みたいだ。それに割って入ったのは藤岡だった。

「捜査が進みませんし、機捜《きそう》が怒ってますよ」

機捜とは機動捜査隊の略。その機捜の仕事は、誰よりも早く現場に到着し、初動捜査を進めることだ。つまりは初動捜査専門の部署と言える。現場でふざけていたら普通に怒るだろう。

「まぁ、おりませんゆうてへんからな。好きな奴はおるんやろ。藤岡、現時点で判ったこと、報告できるか？」

　宮谷がため息を吐いてからそう言うと、藤岡がタブレットを取り出して事件のあらましを喋り始めた。

　米子も早いうちに到着したと思っていたが、やはり機捜は一段、早いようだ。

「被害者は塩崎隼人。ここの経営者で、年齢は三十五歳。この教室では自ら料理を教えることもあり、生徒からの評価も良かったようです」

「状況は？」

「死亡推定時刻は昨晩のゼロ時から一時の間。死因は失血死。鋭利な刃物によって中腹部を刺され、その後、内側大腿部の大動脈を刺されたようですね。凶器はこの教室にある包丁で、すでに回収済みです」

「ほう、怨恨か？」

「そうでしょうね。物を盗られている様子はないようです」

　聞く限りはどこにでもありそうな殺人事件だ。解決は案外、早いかも知れない。

「発見者は？」

「ここの講師で、名前は三園優。二十五歳。今日は朝からの当番で一番に出社。管理事務所から鍵を受け取り、教室へ来たところで冷凍の肉などが事務所に放置されているのを発見。その後、冷蔵庫の中を確認して遺体を発見したようです」

「冷蔵庫の中にか……死亡時間をずらしたかったんか？」

「さぁ、そこは判りませんが、それくらいで誤魔化せるほど今の科捜《かそう》は甘くないです」

科捜は科学捜査班の略だ。物理学、化学、医学、生物学など、ありとあらゆる分野の学問を使って捜査を進める。おなじみのＤＮＡ鑑定などもここがやってくれる。

「んじゃ、単純に嫌がらせか？」

「そうかも知れません。衝動的に死体をどこかに隠さなければいけないと思った可能性も否定できませんが」

「パニック状態っちゅー奴か。なるほどのぅ。で、現場の状態はどないや？」

「殺害時、教室は鍵が掛かっていましたが、塩崎がスペアキーを内密に作っていたと思われます」

「それを使《つこう》て鍵の閉まっとった教室に入り、犯人がその鍵で締めたわけやな」

「はい。その様子が防犯カメラにも映っています。犯人が逆にそれを使って閉めるところも写っていますが、身元は判りません。マスク、帽子、ロングコート。それに鞄は塩崎のものを持っていました。身長は一七〇センチ前後だと見られています」

「ほう……それなりに身長がありおるな。となると、男は？」

「この料理教室に通っている男性は少なく、生徒では一〇名。講師では二名。うち一人は被害者の塩崎です」

ほう、と宮谷がニヤつく。

「んなら、もう一人の講師と米子をお見合いさせなあかんな！」

なにを言っているのか？　なにを馬鹿げたことを言い出したのか？

米子は怒りを通り越して呆れてしまった。

「そう言われると思いまして、住所をもう押さえてあります」

「ええ仕事や！」

なぜそこだけ阿吽の呼吸で仕事を進めているのか問いただしたい気分に駆られた。

なにか反論しなければと思い、やっと出た言葉が「でも、捜査回避……」という一言だった。

被害者、被疑者などと警察官が特別な関係にあるため、捜査に疑念を抱かれるおそれのあるときは捜査を回避しなければならない。警察実務六法、犯罪捜査規範、第一章第一節第十四条にある。

「別に特別な関係やあらへんやろ？　なんや、義兄弟の契りでもかわしたんけ？　それに捜査回避は上司の許可がいる。ワシは許可せぇへん。そゆこっちゃ」

抵抗するだけ無駄だった。

米子は思わず大きなため息をつき、がっくりと肩を落とした。

＊

事情聴取は任意である。

嫌なら答えなくてよいし、刑事に会うことを拒否してもよい。たまに刑事への捜査協力は国民の義務である……という話を聞くが、これはまったくのでたらめなのだ。

そのせいか近年、事情聴取を断る人が増えており、警察内でも問題視されている。

理由はいろいろあった。困るのは「警察でも信用ならない」という場合だ。

警察内で起こる不祥事のため、一般市民からの信頼が失墜している。しかし、不祥事もほんの一部のことであって、ほとんどの警官は真面目に捜査に取り組んでいる。

当然、米子もその一人。犯罪さえなければ、小学校時代の初恋の相手がヤクザでなければ、きっと今頃、結婚して幸せな生活をしていたに違いない。

自分の人生、すべてを狂わせたのは犯罪なのだ。

そんな米子と同じように、犯罪を憎むあまりか、警察は身内から犯罪者が出ることを非常に恥じている。

しかし、しょうがないとも米子は思っていた。心理学者リンゲルマンが「人は集団になると必ず怠けるものが出る」と提唱している。俗に言う『リンゲルマンの綱引き』という実験によるものだ。実験そのものは怪しいと思っているが、実際に怠ける者、規則を守らない者は出てくる。潔癖な組織を作り上げることはかなり難しい。

だから犯罪者のような気質を持った者が、警察に入るのを完璧に防ぐのも困難だ。

ただ、普段は監察官が目を光らせているので、多くの不祥事を未然に防いでいる。

それでも、犯罪者も人間なら、見張る側も人間。一方で完璧な者がいれば、一方で不完全な者がいる。それはつまり、監察官の目をかいくぐる者もいるし、犯罪を見逃してしまう監察官もいる。罪だと思わずに罪を重ねる者もいるのだ。

自分はそうなりたくない。警官でありながら罪を犯すなどあってはならないと米子は思っている。けれど、いつか上司だけはブン殴ってやりたい。

「あ、あの……事情聴取、なんですよね？」

机の向かいに正座している東海林が確認をとる。

「はい……そうです」

米子はそう答えるしかない。

藤岡は隣でタブレットをずっとつついている。

そこは京都の松尾大社駅を出てすぐにある料亭『とりよね』の座敷であった。

鳥取出身の米子にとっては妙に親近感を覚える店の名前だが、そんなことはどうでもいい。

なぜ普通に東海林の家に行って事情聴取をしないのか？　東海林が不思議に思っているのもその点だろう。

「んじゃぁ、事情聴取はじめよか。ヨネちゃん、この人のこと、どう思う？」

東海林と米子の間に座っているのはエロ師匠こと村上高志警部補。宮谷は捜査の指揮があるため事情聴取にはこれない。その代理だ。

「村上さん……質問する相手が違いません？」

「いやぁ。宮谷くんにヨネちゃんの好みかどうか聞いてこいて言われてるさかいなぁ」

「なぜ、そう変なところで真面目なんですか……！　普通に事情聴取してくださいよ⁉」

「言うたかてなぁ？　上司命令やしなぁ？」

ここで藤岡に応援を頼みたくなったが、ぐっと我慢した。きっと良い方向へは行かない。むしろ悪い方向へ行く気がしたからだ。

「で、どない？」

「ど、どないって言われても……別になんとも……」

「ほんまに？　料理教室で会って、きゅ〜んとかならへんかった？」

子犬のような声をあげる村上。心底、逃げ出したい気分だ。

「なるわけないでしょ……」

「……どうやら白のようですね」

急に藤岡がポツリと呟く。村上も「せやねぇ」と同意した。

「え、え!?　私のそこで決まるんですか!?」

二人して「なにを当然のことを」と言いたそうな顔でこっちを見ている。

「ふぁぁ、信じられんっちゃ……そもそも私の勘に頼るって規範に反しとるがないや……」

呆れ返ったのがきっかけで方言スイッチが入った。

警察官実務六法、犯罪捜査規範第四条二項には、捜査を行うに当たって先入観にとらわれず、根拠にもとづかない推測を排除し、合理的に捜査を進めろ、という旨が記載されている。

「検挙率高いんです。信頼できるデータだと思いますが」

平然とそう言ってのける藤岡。まったくもって捜査を舐めている。

「ちゃんと事情聴取せいや！」

米子は思わず立ち上がった。勢いで東海林を睨みつけると、東海林は身を縮めた。なんだかまるで米子が苛めているみたいだ。

「昨日の十二時から一時！　なにをなさっていましたか！」

「え、いや、普通に帰って……お風呂入って寝てましたけど……」

「それを証明してくれる人は！」

「え、そ、それは……」

言葉を濁す。これは怪しい。

「おらん《いない》だか《のか》!?」

「ぼく、一人暮らしですし……」

「あ……」

地方から東京に……と同じように、大阪には周囲の地方から出てくる若者が多い。米子もその一人だ。自身の年齢のことは無視する。当然、単身で出てくるため、マンションでの一人暮らしが多い。さらに隣の人と接点を持たない人が圧倒的だ。それを象徴するようにマンションから見つかる死体は死後数ヶ月を経過したものがざらにある。発見も、その腐った臭いがきっかけになることが多い。

つまり部屋に帰るとアリバイを証明してくれる人がいない。

確かに、家族の証言もあてにならないが、あるのとないのとでは大違いだ。

そして米子が知る限り、インストラクター、講師には独身者が多い。東海林もその一人となる。

「あ、でも、定期の記録ならあるかも……？」

と言いつつ東海林が取り出した定期はＩＣカードだ。すぐには確認が取れない。

米子も使っていたから知っているが、阪急線の定期券は裏に利用記録が残る。しかし、ＩＣカードとなれば話は違う。機械を通して利用記録を見なければならない。

「それは貸していただけます？」

藤岡が丁寧に言う。

「え、でも、これがないと仕事にいけないんで……」

「営業停止中ですよ？」

「え、でも……他の仕事もしているので……それに、ぼくは犯人じゃありませんし」

資料の提示も任意である。これに強制力を持たせようと思えば令状を取るしかないが、時間がかかりすぎる。

「まぁ、ヨネちゃんがこの人やないゆうてるんやから、違うやろー」

「いやいや、だからその基準はおかしいっていうとるがないや！」

怒りのせいで再び方言スイッチが入る。

死体を動かすのはかなりの力が必要だ。

関係者で鍵のことを知り、かつ死体を動かせるという人物は東海林くらいしかいない。女性ではどうにもならない可能性が高いのだ。

だから米子は東海林が怪しいと思っている。

それをあっさり諦める態度が許せない。どう考えても職務怠慢だ。

「いいっ！　私がちゃんと事情聴取するけぇ、二人は出とけ！」

「いえ、取調べ、事情聴取は二人以上が原則ですよ。事情聴取を続けるなら僕が付き合います。捜査の基本を忘れるのはいかがかと思いますよ」

基本を忘れてるのはどっちだ！

そう言いたかったが、ほとほと疲れてしまったので、口をつぐむ米子であった。

＊

その日の夕方。曾根崎警察署に設けられた捜査本部で報告会が行われた。規模は小さく、米子を含めて総勢七名だ。その中にはもちろん宮谷と藤岡、村上がいる。後は曾根崎警察署の刑事だ。

報告はまず藤岡から始まった。

「容疑者ですが、男でない場合、かなりの数にのぼります。講師、インストラクター、生徒、さまざまな女性が塩崎と関係を持っていました」

その報告に驚いたのは他でもない米子だった。

「関係を持ってた!?」

「黙れ、米子～」

ニヤニヤする宮谷に叱られてしまった。

「続けます。動機は怨恨の線で間違いないと思われますが、怨恨を持つ人物が幅広すぎます。また、少し調べただけで悪い噂があふれ出てきました。妊娠、堕胎させた人数が五人。結婚寸前での解消が少なくとも二件。多分、結婚詐欺ですね。泣き寝入りなのか、被害届けは出ていないようです。その他、インストラクターや講師に枕営業などを行わせていた噂も出てきました」

次々に並べられる塩崎の悪行。米子はもう呆気にとられて開いた口が塞がらない。

「まだ噂の域なんやな？」

「はい。裏は取れてません。取りますか？」

「いや、ええやろ。仏やしな。ただ、料理教室に通う奴らの裏は取れ。犯人に限りなく近いはずや」

「はい。手元の資料三ページ目をご覧ください」

隣に座っていたエロ師匠村上が米子の代わりにページをめくってくれた。そこには数名の講師、インストラクター、生徒の顔、簡単なプロフィール、塩崎との関係がまとめられていた。

「どんだけまとめるの早いねん……お前、外国語でびっしり書かれたノートでも一晩あったらそっくりに偽造できそうやな……」

宮谷が藤岡の作業能力に驚いている。

「やれとおっしゃるなら」

藤岡はメガネを中指で押し上げた。

「しかし、容疑者っちゅーか……関係もっとる奴、多すぎやろ……大体、どうやって調べたんや……」

「簡単です。携帯をハッキングしました。アドレス帳にしっかり関係を示すメモがありました。たぶん、混乱しないようにでしょう」

確かに、塩崎はマメであった。講師、インストラクターの誕生日に必ずプレゼントを贈っていたはずだ。それを思い出しながら米子は、とりあえず資料を確認した。

講師五名。インストラクター十五名。生徒二名。インストラクターが多いのは正社員登用を餌にしてたのだろう。

いっそう頭痛が酷くなる。見なければよかった。だが見なければ仕事にならない。

そして、さらに衝撃を与えたのは、リストの中に佐藤成海の名前がある事実だった。

「え、あ、成海ちゃんも……？」

藤岡が鋭い視線で米子を見る。

慌てて口を押さえるが、もう遅い。

「花田さん。佐藤成海とはどういったご関係で？」

「い、え……えぇぇ？」

どう答えていいか判らず、素っ頓狂な声を上げてしまった。

「どうなんですか？」

「と、友達ですよ……？」

「本当に？」

「そ、そうだけど、それ以上になにがあるっての！」

「好きな部類に入りませんか?」

その一言で真意が見えた。

「なにを聞いとるだいや!　関係ねぇっちゃ!」

「ムキになるということは、好きな部類ということですね?」

「んなわけねぇがな、相手は女だぞ!　判っとるだかいや!　成海ちゃんは犯人じゃねぇっちゃ!」

思わず立ち上がってしまった。それを隣の村上がなだめようとする。

「まぁまぁヨネちゃん。座りやー。ピリピリするとオッパイしぼむでぇ」

「怒ってもオッパイはしぼまん!」

「じゃあ、お尻たれてまうでぇ……」

「たれんっ!」

村上のセクハラ発言は褒める方向ではなく、けなす方向なので、いつも心がしおれてしまう。もしくは胃液を沸騰させ、米子の怒りを呼び覚ます。

「花田さん、知らないんですか?　ストレスは血行を悪くするので肌の張りがなくなるんですよ?」

藤岡の余計な一言が炸裂する。

「お前らのせいじゃあぁぁっ！」

結婚できないのもお前らのせいだと言いかけたが、惨めになる気がしたのでやめた。

宮谷が寸劇に飽きたのか、手を打ち鳴らす。

「そこまでや。うるさいのぅ。まぁ、今の反応で十分やろ。女っちゅーとこは引っかかるが、米子レーダーには引っかかっとるんや。調べる価値はあるやろ」

「いやいや！　いやいやいや！　今回の事件は男の手じゃないとできんだろうがないや!?　だけぇ東海林幸雄が怪しいんじゃろ?!」

会議室がしんと静まり返る。

「ゆうても、お前の好みやないんやろ？」

宮谷が身を乗り出すとつまらなそうに言った。

「またそれか!!」

「つーても、現にお前、塩崎のことがちょっとええって思ってたんやろ？」

どうしてそれを、という言葉は飲みこんだ。

「判っとるでぇ。正直者やからなぁ。今回もぴたっと当てとったわけや。それを鑑みるに、東海林の可能性は低いっちゅーこっちゃ。まぁ、お前が調べたいゆうんなら、調べたらええがな。東海林の捜査はお前に任す。無駄骨やろけどなぁ」

宮谷の頭にかぶりついてやりたい気持ちを抑え、米子は椅子に座った。

しかし、宮谷の言葉は米子の心を揺さぶっていた。

確かに、今まで自分が好きになった異性は犯罪者だったことが多い。だが、女性に関しては特に経験がない。幼い頃に憧れた美少女戦士は犯罪者ではなかった、というくらいが参考になるだろうか？

むしろ『憧れた人物』のことを言うのなら、小説やテレビの登場人物だけが『犯罪者ではなかった』可能性がある。実在する人物は、すべからく犯罪者だったのだ。塩崎の件もまったくもって反論できない。現実の女性にいたっては未知数だ。

それでも好きになるのは今回こそは、今回こそは……と思うからであるし、事実、好きになったら綺麗さっぱり犯罪者である可能性を忘れている。そうさせるのは恋フィルターだ。

いや、しかし、犯罪者以外を『好きになる』ことだってあるはずだ。逆を言えば、犯人を『好きにならない』こともあるはずなのだ！

東海林もなにかしら洗えば絶対に出てくる。実際、塩崎と東海林は表面上は仲良くしていたが、裏ではあまり仲が良くない。という噂も聞いている。

前に一度、なにかで大喧嘩したこともあると言っていた。

東海林は怪しい。

そして、東海林が真犯人であったなら、米子は普通に恋ができる。

好きじゃない相手も犯人の可能性があると示せれば、こんな横暴な捜査も二度と行われなくなるだろう。

そう、これは逆にチャンスだ。

米子の心に火が灯った。

＊

が、東海林のアリバイはさっそく証明されてしまった。駅の防犯カメラにしっかり姿が映っていたのだ。もうこうなるとトリック云々の話ではない。

日が沈み、肌寒くなった頃、米子は一人、現場になったビル近くにあるスターバックスの壁際席でコーヒーを飲んでいた。とてつもない疲労感が全身を覆っている。

それでも、米子は運命を切り開く方法を考えていた。次は、オーソドックスに、

『米子は、犯罪者ではない人を好きになる』……ということを証明する以外にない。

それはつまり、佐藤成海が犯人ではないということを証明することだ。

気持ちに嘘は吐けない。

しかし、考えれば考えるほど心臓が膨れ上がり、パンパンに張り詰めたような痛みが走る。

できれば米子はこれからも成海と友達でいたい。楽しく料理教室に通って、楽しく話をしたい。けれど、自分が刑事だと判って、しかも事情聴取したような相手と普通に過ごせるだろうか？

そんなはずがないと思う。

どんな些細なことであれ、人の態度は変化していく。

事情聴取すれば、もう二度と元の関係には戻れないだろう。

後悔すると思う。

けれど、このままではまた米子レーダーを利用されるだろうし、もし仮に本当に成海が犯人だったらどうする？

それはそれで後悔すると思う。

他人に逮捕させたいとは思わない。

それに、佐藤成海が犯人だったなら、好意を寄せた女の人まで犯人だったなら、米子はどう日常生活を送ればいいのか。それは言いすぎだとしても、過ごしにくくなるのは間違いない。

その日から、好感を持っている女性さえも、犯罪者だと疑う必要がでるからだ。

コーヒーを一口飲む。苦味は悩みの味のようでもあった。

ただ、成海が犯人だという証拠はないに等しい。

逆に犯人ではないという証拠もないに等しい。

頭の中に大きな石があるようだった。重く、苦しく、圧迫して痛い。

八方塞がりだ。

どうせ今回のことで、自分が刑事だと噂されるだろうし、高洲も良い顔をしないだろう。料理教室には通えなくなるのだ。

成海にも会わなくなる。

だったら、自分でけじめをつけた方が気持ちいい。

個人的に会いに行こう。そこでいろいろと聞いてみよう。

咎められるかも知れないが、宮谷のことだ。適当に誤魔化してくれるだろう。

佐藤成海の住所は調べがついている。

梅田から北に行った、中津という場所だ。繁華街から少しだけ離れている。淀川の河川沿い、新御堂筋という大きな高架の下に広がっており、古いアパートやマンション、専門学校、工場、貨物列車の駅などがある。

米子はそこにあるマンションを尋ねた。

最上階にある成海の部屋の前で深呼吸すると、米子はチャイムを鳴らした。

少しして中から「あれ？　よねちゃん？」という声が聞こえた。警戒してドアスコープからこちらを覗いたのだろう。

すぐに扉が開かれた。

「よねちゃん、どうしたの？　入る？」

どんな顔をすればいいのか判らない。俯きながら米子は「お邪魔します」と素直に部屋に入った。

「ごめんね、散らかってて」

入って左手に扉が二つ。奥の扉はトイレらしく鍵がついてる。となると、手前のドアは寝室だろう。お風呂にしては間取りが大きすぎる。突き当たりにはリビングダイニングに通じる扉だ。いわゆる１ＬＤＫのようだ。

リビングに入る。散らかっていると言いつつ、米子の部屋より格段に綺麗だ。ピンクの絨毯の上には雑誌がまとめられているし、ビニール袋が散乱していることもない。猫足の白い机の上に化粧品が置いてあるが、それも高さ順にまとめられている。脱ぎっぱなしの服もなければ、スナックを食べた後のゴミも転がっていない。

これが散らかっているのならば、自分の部屋は一体なんなのか？

「ぜんぜん綺麗だよぉ……うちなんかもっとひどくって……」

ゴミための!? 夢の島か!?

心は叫ぶ。体はため息をついた。

「立ってないで、座って」

「あ、うん……」

そう言われても座る気にはなれなかった。

「……どうしたの？ 急に来たし、元気もないし」

事件のことをどう切り出したものだろう？

もし「犯人でしょ？」と訊いて、犯人でなかったら関係は気まずくなる。

いや、犯人であって欲しくないのだから、そんな言い方は絶対に変だ。

まごまごしていると、急に成海が抱きしめてくれた。

「よねちゃんのとこにも、来たんだね……警察」

「あ……」

そうか、まだ自分は警察だとばれていないのだ。

「よねちゃんも、塩崎先生のこと、好きだったもんね」

「え、な、なんでそれ……」

「そんなの、見てれば判るよー！　つらいことになっちゃったね……」

強く抱きしめてくれる。胸が痛かった。

「成海ちゃん、こそ……塩崎先生のこと好きだったんでしょ……？」

「……そう、だね……塩崎先生、いっつも優しかったし、面白かったし……」

「うん……」

成海の髪は甘い香りがした。

「でも、結局……告白もできずじまいだ」

苦笑しながら成海はそう言った。

違和感を覚える。

関係を持っていたはずなのに、告白はしていない？　そういう関係だっただけ？

いや、考えられない。

男性と付き合った経験が皆無の米子でも、それがおかしいと思える。

意識してない者同士が、場の雰囲気に流されてなら判るが、成海は間違いなく塩崎を好きだったはずだ。

今でもあの言葉を覚えている。

——塩崎先生ってば、あたしが女の子らしいって言ってくれるんだ！

目を見ていれば判る。本当に嬉しそうにしていた目だ。人間は好きなものを見ると瞳孔が開くと言われている。あの時、間違いなく成海の瞳孔は開いていた。

米子もそうだが、背が高いと女の子扱いしてもらえる機会は少ない。背の低い女の子を何度もうらやましいと思ったことがある。

お姫様のように扱われたいという願望は米子にもあるのだ。

人一倍、女の子らしく振舞っている成海は余計に嬉しかったはずだ。

それなのに成海は関係を持っていてもなお、告白していないと言う。

ひょっとすると関係を持っている、という情報が誤りなのか？

もしくは、関係を持っていたことがばれると、疑われるから？

確かめるべきだ。

「あ、ね。変なこと訊いていい？　私さ、成海ちゃんと塩崎先生が、付き合ってたって噂きいたんだけど、ひょっとして間違い……？」

成海が米子を離した。じっと見つめてくる。その目の瞳孔は、ひどく小さい。

いや、部屋の照明を見たせいだ。眼に入ってくる光の量を調整するため、縮んだに違いない。

「どこで、そんな噂、聞いたの？」

「え、いや、ど、どこだったかなぁ？」

「……まぁ、いいや。でも間違いだよー。そんなことないから。お茶でも飲む？　この間、ローズヒップティー買ったの。ビタミン豊富で美肌効果があるんだって！」

そそくさと鳴海は台所へ向かう。電気ケトルに水を汲むとスイッチを入れた。そしてお茶の準備を始める。米子は部屋の奥にある白い革張りのソファーに腰をおろした。

「間違いなら、いいんだけど……私に気を遣ってとか、そういうのじゃないよね？」

妙な沈黙が二人の間に生まれた。音を立てるのはケトルの中の水と、成海がもつカップとティーポットだけ。

茶葉を取り出したときに、やっと成海が口を開いた。

「……よねちゃんどうしたのー？　急にそんなこと言い出して」

どう思われているのか不安になった。沈黙だけは避けたいと思い、言いつくろう。

「う、ううん。なんか、悲しんでるのを、誤魔化してるなら悪いなって思って……」

「あたしとよねちゃんの仲じゃない。正直に言うよー」

その割りに隠しごとをしている。ここで踏みこまなければ成海との友情は保たれる。けれど、犯人だった場合、どうする？

自分の仕事外の平穏な日常を壊すことが怖い。なのに、訊かずにはいられない。

米子は、警察官だから。

「なんか、警察の人が言ってたんだ。塩崎先生の携帯にさ、成海ちゃんのことがメモしてあるって……」

電気ケトルのスイッチが切れる音がした。

「……へぇ……警察の人、そんなこと言ってたんだ？　他にもなにか言ってた？」

口調が変わった。重く、低い声だ。

心臓を掴まれた気がした。

「……関係を持ってたはずだって」

なにか、金属音がする。ティーポットの茶こしだろうか？

「よねちゃん、よねちゃんはあたしに隠しごとしてるよね？」

成海が振り返る。可愛らしい笑顔を作っている。

「え、いや、別に……？」

「嘘。あたし知ってるよ。事情聴取でもプライバシーに関わることは他の人に教えたりはしないって。なのに、よねちゃんは知ってた。警察が言ってたって言う。それってつまり……」

後ろに回していた手を、前にもってくる。そこには包丁が握られていた。

「よねちゃん、警察ってことだよね？」

言うやいなや成海は包丁を腰にすえてリビングを駆けてくる。

その場で待つのはまずい。

対処するなら包丁を持っていない右側にかわし入り身投げか、左にかわして四方投げのどちらかだろう。しかし目の前には猫足のテーブル。ここでは足運びが上手くいかない。

米子は化粧品を手にとって顔めがけて軽く投げつけると、すぐ戸口の方へ逃げた。

だが、扉は内に引く側だ。あけている間に刺されてしまう。

すぐ振り返り、間合を取った。

「なんでそんな酷いことするの？」

顔を押さえながら、ポツリと成海が呟いた。

間違いなくひどいことをされているのはこちらだ。

「成海ちゃん、落ち着いて。犯罪になっちゃう」

そう言って胸が苦しくなった。もうすでに殺人未遂だ。自分でもなにを言ってるんだろうと思ってしまう。

「うっさい！　知ってる！　なんなの！　なんなの!!」

包丁を握る手が震えていた。歯を食いしばり、目をむいて……それは米子の知らない成海だった。急に化け物に変身したように思えた。

悲しくなったが、同情していると刺し殺されてしまう。

(結婚もせずに死ねんわいや)

深呼吸をすると、姿勢を正し、構えをとった。

(組み伏せる)

心も落ち着かせる。これ以上、取り乱さない。

「成海ちゃん。成海ちゃんが塩崎先生を殺したの？」

「……そうよ！　そうよぉ！　もう、もうっ！　裏切るやつは、みんな死ねばいいんだ！」

包丁を振りかぶる。そのまま襲い掛かってきた。

素人の動作は遅い。

いくら成海の方が大きいとはいえ、剣道四段、柔道二段、合気道三段の米子にかなうはずがない。

袈裟斬りしてくる右手を米子は左手で受け、そのまま押しこもうとした。

だが、強い。押さえこまれそうになる。

（タイミングさえあってれば、いけたのにっ！）

ほんの一瞬のズレが劣勢を招いた。本来なら相手が踏ん張れる姿勢になる前に押しこむべきだった。まだ呼吸がつかめていない。合気道三段ではまだ研鑽《けんさん》が足りないようだ。

「死ねっ！　死ねぇっ！」

「いい加減にしてっ！」

体をひねり相手をいなすと、再び部屋の奥へ逃げこんだ。

（そういえば、塩崎先生を殺して吊り上げたなら、力があって当然だ）

警戒しなければ。だが、あの力の感触は女ではない。もしかしたら成海もなにか武道をしていたのかも知れない。それにしては包丁の構えが素人っぽいので違和感がある。重心の置き方もなってない。投げようと思えばいくらでも投げられそうだ。

ただ、どちらにしろ狭い部屋で投げ飛ばせば、惨事を招く。

（押さえるしかない。もっと道場に通うべきだった）

最近、婚活が忙しくて足が遠のいていた。それでもやはり警察官は鍛錬を怠ってはいけないのだと痛感する。

反省しつつも、成海の動きに細心の注意を払う。

相手の重心が右足にかかった。左足に移った。前のめりになる。来る。

凶器は見ない。

見れば必ず怖気づく。

体に相手を触れさせなければ武器は怖くない。

そう教えられたことを実践する。

左からのなぎ払い。一歩踏みこんで相手の腕を左手で止めると同時、一歩引いて相手の頭を自分の胸に抱えこむ。そして米子は一歩踏み出して体をひねった。

頭を抱えられた相手は自分の体を制御できなくなっている。すでに米子の意のままだ。さらに一歩、踏みこむ。勝手に相手は仰向けに倒れる。合気道の入り投げである。

投げの一種だが、頭を抱えている分、制御がしやすい。だが、手加減していれば包丁が襲ってくる。頭は床に打ちつけず、包丁を持った腕だけ叩きつけた。

「あぐっ！」

成海がうめく。見れば包丁を離していた。

ここから相手を押さえつけねばならないが、ひっくり返す動作が思いつかなかった。

米子はそのまま包丁を確保するため、成海を放してしまった。

「うあああぁっ！」

成海が叫び、足を摑んでくる。そのまま米子は転倒した。

包丁は倒れた米子の手に当たって遠くへ行った。けれど、成海はそのまま米子を絞め殺すつもりのようで、上にのしかかってくる。

「やめ、やめてっ！」

米子も抵抗するために仰向けになった。自分の首を左手で覆い、防御する。

「このおぉ‼」

首に掛かる手が大きい。まるで、男の手のようだった。

ふと、この力、腕の感触、そして藤岡の一言「佐藤成海とはどういったご関係で？」を思い出す。

いくら米子が名前を口にしたと言っても、あそこまで反応するものだろうか？

女性にしては高い身長。

この筋力。

女の子っぽいというのが一番の褒め言葉。

まさか。

米子は思い切り相手の股間を蹴り上げた。

「ぐっ！」

一瞬、成海の動きが止まる。

だが、すぐに般若のような顔をして首絞めを再開した。今度はしっかり腹の上に乗られた。

「やっぱ、私の秘密ぅ、知ってるじゃねぇかあぁっ！　殺してやる、殺してやる！　あんたも、あんたも私を男だから嘘ついて、ひどいことするつもりなんだあぁっ！」

その一言に確信を得る。

佐藤成海は、元々、男なのだ。

手術を行い、体を女にして、戸籍も変えた、完全な女性。

けれど、過去は男性だった。

それが塩崎に知られ、なにかあって逆上した？

「信じてたのにぃ！　信じてたのにいいぃ!!」

その言葉は、米子に向けられたものなのか、塩崎に向けられたものなのか？

米子の首に段々と成海の手が食いこんでいく。

「う、ぐ……る、し……」

声も満足に出せない。これは、まずい。

もう、相手を気遣っている場合ではない。

残された方法は目潰しのみ。成海は素人で、体重をかけようと必死に前のめりになっている。

届かない距離ではない。

それでも、米子には成海の目を突く勇気はなかった。

失明したらどうしよう？

保身の心が叫ぶ。

犯罪者なんだ！　関係ねぇ！　やっちまえ！　失明したって天罰だ！

正義の心が語る。

まだ他に手段があるはずです。考えるのです。なにもないなら、自分の命を捧げるしかありません。

どっちもどっちだ！

しかし、やはり目は突けない。相手がまったく知らない相手ならできたかも知れないが、相手は成海。大切な友達なのだ。

諦めるか？

仕事外の平穏な日常を諦めたみたいに。

嫌だ。絶対に嫌だ。

（私、まだやってないことが、たくさんある……！）

「うあああぁぁっ!!」

必死に叫び、腹筋にありったけの力をこめて起き上がる。

「え、えっ!?」

成海はまさか、このポジションから起き上がれるとは思っていなかったのだろう。

米子も思っていなかった。

まさかこんなに自分に力があるなんて、と思っていたが、どうやら無意識に右手で成海の力瘤を押さえていたらしい。

米子の経験から、上腕二頭筋の間を押すと激痛が走り、腕に力が入らなくなる。ツボかと思って調べてみたこともあるが、どうやら違うらしく、単純に筋肉を痛めつけているだけのようだった。

少しでも腕が緩めばこちらのものである。咄嗟に成海の右手を取る。両手で祈るように包み、そのまま体を無理やりひねった。小手返しだ。

米子に逆らえば手首が折れる。それが咄嗟に判ったのか、成海は素直に投げられ、今度は米子がマウントポジションを取った。すかさず懐から黒い手錠を取り出し、自分と成海をつなぐ。

「鍵は他の警官が持ってる」

これで米子を殺しても逃げられない。それを悟ったのか、マウントポジションの対処を考えているのか、そうとう疲れたのか、成海は暴れるのをやめた。

二人の荒い息の音だけがする。

「……成海ちゃん……なんで、こんな、こと……」

米子が呟くと、成海は目をそらした。

「……いいから、話して。私、成海ちゃんを悪いようにしたくない」

一瞬だけ、目がこちらを見た。

「……私は、裏切ってない。成海ちゃんの味方でいたかった。裏切ったっていうなら、先に裏切ったのは……殺人を犯した、成海ちゃんだよ」

成海の目にうっすらと涙が浮かんだ。

「私は……女の子なのに……体が、違っただけなのに……」

米子は大学で習ったトランスジェンダーのことを思い出す。心が認識する性別と、体の性別が不一致の人を、そう呼ぶのだ。

現在では「二人以上の医師がトランスジェンダーであることを認めている」「二〇

歳以上である」「結婚していない」「未成年の子供がいない」「生殖腺の機能を永続的に失っている」「身体的特徴が本来の性別に近い外観をしていること」という六つの条件を満たせば戸籍上も性別が変更できる。二〇〇四年、七月から施行された「性同一性障害特例法」だ。大学に入った頃だったので覚えている。

「体が、男だったって知られたから、殺したの？」

成海はゆっくり首を振った。

「……子供がね……産めないの」

心臓が大きく、ゆっくり跳ねた。

「結婚の話まで出てた。隼人は、産めなくてもかまわないって言ってた。でも、私はずっと気にしてた。そしたら隼人も気にしたらしくって、産めない理由を、探偵さんに探させた。それで、元々男だっていうのが、バレちゃった」

大粒の涙が流れていく。

「あんなに、優しかったのに、それから、騙しやがってって言われて……そんなつもり、ないのに。受け入れてくれると思ってたのに。結婚しようって、言ってくれたの、嬉しかったのに……」

成海は、本当に女の子だったのだ。

そして、その幸せを掴む寸前までたどり着いた。

なのに、はしごをはずされてしまった。

「体はしょうがないの。克服してきた。それが自分だった。親を悪く言うつもりもないし。だから、なにが悪いんだろうって……せめて、赤ちゃんが産めれば、卵子が一つでもあればって……」

自分には、慰める権利があるだろうか？

誰かを本当に好きになって、愛して、愛して、愛しぬいても、子供を授かれない。

そのことの苦しみを、今、自分は理解できているだろうか？

苦しい。

思いつめて、殺人まで犯してしまった彼女の心に近づけないことが。

子供を産むことの愛おしさを、米子よりもよっぽど大切にしている成海に子宮がないことが。

謝りたい気持ちになってくる。

けれど、謝れば彼女は救われるのか？

救われるのは、自分の心だけだ。

下手したら、彼女を余計に傷つけてしまうかも知れない。

それでも、自然と出てくる言葉を止められなかった。

「……成海ちゃんは、お母さんに、なりたかったんだね……」

成海は、泣きじゃくった。

＊

あの後、すぐに藤岡と村上がやってきた。どうやら捨てられていたゴミの中から血のついた衣服と、成海の毛髪が見つかったため、逮捕状が出たらしい。

成海も米子とのひと悶着があったのを隠す気はなく、あっさりと罪を認めた。

自供によると、婚約破棄による恨みだと語った。結婚式の資金は渡した後だったらしい。ひょっとすると塩崎は成海の秘密を最初から知っていたのかも知れない。結婚詐欺の一幕だったのかも知れない。彼の経歴を見ると、そんな気がした。

ただ、それは伝えずにおいたし、他の捜査員にも口止めしておいた。

結果から見れば米子の行動は勇み足だったが、後悔はなかった。

話ができて良かったと思っている。

それがまた、新しい関係への足がかりだと思えたから。

ただ、料理教室での平穏な日常は壊れてしまった。高洲良子にも事情聴取をしたところ、ひどくなじられた。今まで通り教室へ通っても、優しい空間ではなくなっているだろう。

護りたい日常は壊れてしまったのだ。

それでも、警察官としての日常はまっとうした。

日常を壊す犯罪者を捕まえ、平和に貢献をしたのだ。

「いやぁ、やっぱ米子が絡むとスピード解決やなぁ。お疲れさん」

大阪府警本部にある自分の机で、今回の始末書を書いていると宮谷がニヤニヤしながら寄ってきた。

これも考えて見れば日常の一つである。正直、これは護りたくなかった。

「なにか御用ですか？　ご褒美だったら受けつけますけど、それ以外はお断りで」

「褒美や褒美。労いのお言葉やぞー。嬉しがれ」

そこに藤岡も通りかかる。

「確かに、今回も花田さんの推察眼は本物でしたね」

「うるへー！」

とても複雑な気分だった。

成海が元男なのには驚いたが、そのお陰で仲のいい女の子を警戒しなくてよくなった。一方で、米子レーダーの呪いは払拭できていない。むしろ信憑性を高めてしまった気がする。

これからも宮谷や藤岡に付きまとわれるのだと思うとうんざりするが、また一方で犯罪者さえ捕まえられるなら、もうそれでもいいように思えていた。

「ほな、これからも期待しとるで！　なっはっはっはっは！」

宮谷は豪快に笑いながら捜査一課の部屋を出て行った。煙草でも吸うのだろう。

「なんでああも、私の不幸を頼りにできるのか……」

「犯罪が憎いからでしょう」

「ホントにぃ？　なんか面白がってない？」

「そんなことないと思いますけどね。あの人は、犯罪者にご両親を奪われてますし」

「へぇ……」

「仕事に打ちこみすぎたせいで離婚もしたんだとか。大切な家族を犯罪で失ってしまったのに、家族を自ら犠牲にしてしまった。これで、犯罪まで見逃すようでは、自分は一体なんなのか。クズやチンピラと同じだ。犯罪を叩きのめさなければ、自分の居場所なんてない……と語ってらしたとか」

「……なんでそんな話するの？」

「同情させて少しでも課長補佐への恨みを和らげた方が、花田さんも協力的になるかと思いまして」

「だったら、その一言は口にするな……」

「そうでしたね」

少し同情したのが馬鹿らしくなってしまった。

ただ、宮谷は自分の未来の姿なのかも知れない。

護るものが正義しかない状態。

だから、それが護れなかったときのことが、怖いのだ。

だから、宮谷は必死なのだ。

だから、人を利用しても、平気なのだ。

（……ああならないでおこう！）

必ずいつか真っ白で素敵な王子様を捕まえてみせる。いや、この場合の捕まえるは夫として迎えるという意味だ。

そして、彼が帰りたいと思う家庭を作るのだ。

他人の生活を護ることが仕事なら、自分の子供や夫の生活を護るのもまた仕事だ。

宮谷は失ったかもしれないが、自分はまだ護れる。

もちろん、結婚できればだが。

自分は心も体も女で、子供も産める。

命を奪う殺人犯とは反対に命を未来に繋げられる。

それをしないのは、もったいないような、悲しいことのような、寂しい気持ちになった。

成海は、たくさん考えたのだろう。本当にたくさんのことを。

お腹に手をあてると、自然と愛おしさが湧き上がるのを感じた。

それが、嬉しいような、申し訳ないような、複雑な気持ちを抱かせた。

「花田さん、お腹が減ったんですか？」

「……間違いなく、お腹の粘膜は減った。酷い。本当にこの職場はひどい」

がんばって早く好い人を見つけなければ、胃に穴が空いて死ぬかも知れない。

転職するという手もあったが、正義も愛している米子には、それも難しい話だった。

幕間「米子、串升に通う・秋」

米子は毎日、筋トレをしてる。腕立て伏せに代表される、筋肉を苛めて強くするアレだ。

大阪府警本部にいるときは椅子に座りながら足浮かせ、腹筋を鍛える。他にも、誰も見ていないところでは壁を押している。変だと思うかも知れないが、アイソメトリックトレーニングといって、関節を動かさない筋トレの一種なのだ。

たゆまぬ努力は男にも負けぬ筋力を維持するためのものでもあるが、お嫁さんとして最高のプロポーションを保つためでもある。さらに言えば、運動さえしていれば好きなものを食べても許されるからなのである。

米子は許されたいのだ。

(足浮かせ一分で一〇キロカロリー……缶ビール換算〇・〇五本……!)

一本まるまる飲むためには二〇分しなければならない。実際やってみると判るが、一分でもかなりきつい。

毎回、ビール換算しては心が折れそうになる。それでも米子は負けない。

（に、ふん……！）

お腹をプルプルさせながら、ゆっくり呼吸を続ける。筋肉に力を入れるため、つい呼吸を忘れがちだが、しっかりと呼吸しなければ筋肉が使えない。しかし、呼吸をすると、しんどさは激増する。

「もひひょっ！」

残りの一分を凌ぐため、奇声を上げて力をこめなおす。本人は「もういっちょ」と言っているつもりだ。

「花田さん？　な、なにしてるの？」

「ふぉっ！　か、課長……！」

借りてきた猫。塚本樹《つかもといつき》警視だ。

「いえ、えっと、筋トレを少々……」

「ああ、ああ、なるほどー。じゃあ、いま少し空いてます？」

「あ、はい。少しなら大丈夫ですが、なんでしょう？」

「あ、あの、付き合っていただけると嬉しいんですけど……」

付き合う、という言葉に少しドキッとしてしまう。

が、蓋をあけてみればなんと言うことはない。

剣道の稽古へのお誘いだった。

大阪府警本部の庁舎内には大きな道場がある。普段は特練員と呼ばれる、剣道、柔道、逮捕術のいずれかに熟達した人たちが、日々練習しているところだ。剣道の全国大会に出場している警察官はほぼ特練員だと言っていい。

むしろ武道で食べていきたいという人が特練員を狙って警察に入ることが多い。ただ、成果がでなければ普通の警官業務に配属される、狭き門でもある。

「す、すみません……花田さんが強いとお伺いして」

塚本は体が小さい。道着姿はまるで中学生か高校生だ。

「いえいえ、ちょうど、うさば……ではなく、気分転換したいと思ってたんで」

「お、お手柔らかに」

手ぬぐいを頭に巻き、面を被る。

こうなったときは、乙女をやめていい。

練習は地稽古《じげいこ》だ。とにかく実践形式で打ち合う。

互いにしゃがんで竹刀を構える蹲踞《そんきょ》。それが終わればさっそく始まる。

「キエエエェェェッッ!!」

声を張り上げる。左手でしっかりと柄尻を持ち、剣先を揺らして散らす。左足の指先はしっかりと床を摑み、いつでも飛び出せる準備をする。

「ファイッ！」

塚本も声をあげ、おもむろに竹刀を持ち上げた。

その瞬間、予測できる剣筋は正面、両側面のみ。ここから右手、左手の動きで変化がやってくる。正面向かって左に抜けようとするなら、胴の可能性が出るのだ。

だが、塚本は素直にそのまま振り上げた。間違いなく正面打ちだ。

米子はその一瞬で喉が空いていることを見抜き、突きを放った。


「ほ、本当に申し訳ありません！」

稽古はすぐに終わった。米子の突きが綺麗に決まりすぎて、塚本がふっとんだ。そのとき、頭を床に打って軽い脳震盪《のうしんとう》を起こしたためだ。

これで明日から「上司を無遠慮にボコボコにする女、花田米子」と噂されるに違いない。

「本当に強いですねぇ。びっくりしました……」

「お、お恥ずかしい限りです」

お詫びをさせて欲しいと、米子は塚本を誘って串升へ向かっていた。二人きりではなく、現地で交通課のアイドル、小西弥生も合流する手はずだ。

塚本は車出勤なので、同乗させてもらう形になった。傍から見ると、上司を叩きのめし、こきつかっているように見えなくもない。ちなみに車種は三菱のプラウディアだ。漆黒の滑らかなボディと、ヘッドライトの間（グリル）の縦縞が合わさって鯨のように見える。思わぬ高級車に腰が引けた。

「あ、そこを右で、左の高架を抜けてください」

神崎川駅の前は阪急線の高架が低いのか、路面が凹んでいる。車高が低いと少し危ない。

そして案の定ガリッと嫌な音がした。

「あ」

嫌な空気が流れたが、どうしようもないので「すみません」とだけ謝っておいた。

近くのパーキングには小西がいた。さっそく車を駐め串升へ入る。

「いらっしゃい」

先客が五名いた。いつもの左奥の四席が空いていたので、そこに三人が座る。奥から米子、塚本、小西の順。

「じゃあ、オトウさん。三人おまかせで」

にこやかに「はい」と短く応えると、さっそく揚げはじめてくれる。

今回は上司もいるので、お酒は控えてウーロン茶だ。

「じゃあ、えっと、お疲れさまでした。カンパーイ」

「おつかれさーん！」

小西は上司だと知っていながらも無遠慮な言葉遣いをする。飲みの場に仕事を持ちこまない主義だかららしい。

「塚本さんは、結婚なさってはらへんのですかぁ？」

だとしても、小西がいきなり凄いところに斬りこんだので、米子はウーロン茶を噴き出しかけた。

「あ、えぇ、縁がなくて……それに、また転勤しますし……」

キャリア組のエリートはとにかく勤務先をころころ変えられる。現場の仕事を知っておけという意図だが、逆に経験がないため実権はないも同然だ。実際、警視正、警視長になっても捜査どころか、取調べの一つもしたことがない人もいる。

出世街道から外れた課長補佐の宮谷の方が、よっぽど現場慣れしているのはそのためだ。なので捜査の指示は主に宮谷が執る。塚本はいつも肩身の狭い思いをしているだろう。

「えー、いま恋人おらんねやったら、ウチと付き合いません～？」

大胆すぎる。また米子はウーロン茶を噴き出しそうになった。

「え、えぇっと……」

断る理由もないのだろう。塚本は返事に困っていた。

「まぁ、せかさへんから、考えといてなぁ？　お願いやで」

本気で困っている時はさらっと身を引く。恐ろしい見切り方だ。

「そ、そういえば、米子さんも結婚なさりたいって聞きましたけど……」

塚本が腫れ物にでも触るように訊いてきた。

「まぁ、そうですね。まーったく上手く行ってませんけど」

「ヨネちゃん。また誰か捕まえたん？」

「ぐふっ！」

今度は吹いた。塚本も小西も「あーあー」と声を上げる。オトウさんだけが冷静に新しいお絞りを出してくれた。

「ご洋服は大丈夫ですか？」

「だ、大丈夫です。すません……ところで、弥生、それ誰に聞いたの？」

「……それぇ？　え、誰か好きになったん？」

「……うんや？　どういう意味で言ったの？」

「え、誰かと付き合ってるって意味で。上手く行かへんいうたから……」

本当に知らないのだろうか？　どことなく胡散くさい。

「ああ、そうそう。花田さんは惚れた相手が……」

「課長っ！　それは言っちゃだめです！」

「え、なになにー？」

小西が前のめりになって聞いてくる。

「シャラップ、シャラーップ！」

そんなこんなで、飲みは盛り上がり、小西はお酒を入れて酔いつぶれた。とうもろこしの焼酎が飲みやすく、あまりにおいしいために適量を超えてしまったらしい。カウンター席に轟沈している。こんな小西も珍しかった。お酒はなしの方向だったはずなのに、どうしてこうなったのか。

「すみません、小西がこんなんで……あとは私の家で引き取りますんで……」

「い、いいえ、楽しかったですよ。それに、花田さんも元気になったようですし」

「あ、私ですか？　え、元気ですよ？」

「あ、そ、そうですか？　それならいいんですけど」

そこではたと気づく。ひょっとして塚本は自分を元気づけるために剣道に誘い、ご飯も一緒してくれたのではないか？

「……ありがとうございます。気を遣っていただいて」

そうであったとしても、そうでなかったとしても、ここはお礼で正解だ。

塚本は恥ずかしそうに俯いた。

「い、いえ。僕は捜査の方でお手伝いできないので、なにか、別のことでお役に立てたらと思って……」

米子の経験からして、ここまで謙虚なキャリア組も珍しい。たいがいすぐに転勤する上、階級も上なのだからと威張り散らしているものだ。

「……お気遣い、本当にありがとうございます」

最近、宮谷や藤岡の精神攻撃に参っていたので、塚本の優しさはとくに染み入った。

誰かにちゃんと見てもらえている。

理不尽な扱いを受けない。

それだけで、涙がこみ上げそうになる。

こんな人が将来、警察の上に行ったら良いなと思う。

「……ところで、一つ訊いていいですかね？」

「あ、なんでしょう？」

「結婚を急がれてるのはなぜですか？」

「う、そこ訊くんですか？」

「あ、は、話したくなければ、無理には訊かないですけど……」

とは言っても、特別に隠しているわけではない。

「……私、もう二十八なんですよ。結婚なんて、そのうち自然とするのかなってぼんやり考えてて。ある日、急に気づいたんですよ。三〇歳までに子供を産もうと思ったら、二十九歳で妊娠しなきゃって」

「ああ、そう言われると、確かに」

この辺りの逆算をまったく考えていない男は多い。

「だから、二十八歳の間に相手を探さなきゃって、がんばってるんです」

「でも、別に三〇越してからじゃあ、だめなんですか？」

「うーん。三〇を過ぎちゃうと、逆にもういいかなって思えちゃいそうなんですよね。なんかそういう区切りの歳っていうか。現に、いままでずっと仕事一筋でやれてきてますし」

「三〇歳が区切り……母子に出産のリスクが高まるって話ですか？」

「あー、今は別に気にしてないんですけどね、それ。リスクは子供に対してごめんねって思いますけど、自分の体については、自分が産みたかったら産めばいいんですし。覚悟の問題だと思います」

「でも、三〇歳が区切りなんですね？」

「そうですね。婚活して結婚できないなら、縁そのものがなかったのかなって、思えそうじゃないですか。いつまでも婚活してるわけにもいかないですし、一応のタイムリミットです。子供がいなくても、たぶんそんなに困りませんしね。でも……うん」

ふと、佐藤成海のことを思い出す。

「結果的にいないのはしょうがないと思います。でも一応、女ですから産む努力しとかないと、なんで、試しもしなかったんだろうって、後悔しそうだなって」

塚本は納得したのか、何度も大きく頷いた。

「まぁ、ダメだったときは、開き直って刑事一筋でがんばると思います。今は、後ろ向きに考えてたら、すぐやめそうなんで、踏ん張ってみてます」

「そっかぁ。なんか、ごめんなさい」

「なにがですか？」

「うーん。出世優先で、女の人の結婚のこととか、子供のこととか、そんなに考えたことがなかったから……」

「いや、でも別に課長が謝ることでもないと思いますよ？」

「うーん、なんか、男でごめんなさい……な感じ……」

塚本は塚本でいろいろ思うことがあるようだ。本当に少し落ちこんでいる。

その時、入り口の天井に設置してある液晶テレビから、午後一〇時に始まるテレビ番組の音が聞こえた。

「もう、そんな時間だったんだ。じゃ、じゃあ、僕はこの辺で。いつも捜査、お疲れ様です。あ、支払いは僕がしますね」

「そんな、悪いですよ」

「いえ、捜査にいろいろとお金を使ったりすると聞いてますから、無理しないでください。今日の花田さんの支払い分のお金は、平和のために使われるべきです」

実際に刑事は捜査のためにいろいろ自腹で払うことが多い。しかもそんなに給料は高くないので、生活が苦しい人も多い。

そんなことまで知ってくれている。

現場の刑事のことを勉強してくれているのだ。米子に結婚のことを訊いたのも、女子の結婚感について知りたかったのだろう。

そんな塚本を見ていて、米子もふと疑問が湧きあがった。

「あの、変なこと訊いていいですか？」

「あ、はい、なんでしょう？」

「課長が出世なさりたいのは、なぜですか？」

出世を目指す人は、総じて我の強い印象がある。塚本は当てはまらない。

彼は苦笑いを浮かべた。

「えぇーっと……お恥ずかしい話ですが、僕は、怖いの嫌いなんですよ」

雰囲気からよく判る。

「だから、殺人犯とかに挑むみなさんを、本当に尊敬しています。でも、僕も平和を守ってる警察官に憧れたんです。どうやったら、怖がりな僕でも、平和を守れるだろうって思って。一回、勇気を出して現場で働く方向でも考えたんですけどね。無理でした。でも諦めれなかったんで、他の方法を考えたんです。それで、出世して現場のみなさんをサポートできたら、一番だなって思って……って、な、なんだか恥ずかしいですね」

「なにおっしゃるんですか。ぜんぜん恥ずかしくないですよ」

現場の不平、不満をくみ上げ、精神面をサポートしてくれる上司。

捜査では主役ではないかも知れないが、確かに塚本は捜査一課の課長だ。

この人が出世したとき、強さ、強引さが少し足りないかも知れない。

それは、誰かが補うのかも知れないが、力ある者の暴力は、優しさでは止めにくい。

それを確実に止められるのは同じような暴力か、別種の権力だ。

「応援してます！　ぜひ警視総監になってください！」

敬礼して塚本を送り出す。塚本は何度もお辞儀をしながら自分の車へ行き、帰路についた。

串升に戻ると、小西が起きていた。温かいお茶をちびちびと飲んでいる。

「おかえり、ヨネちゃん」

「あれ、起きてたの？」

「うふふー。実は。ちょっと塚本さんがヨネちゃんと話したそうにしてたしね。どう？　塚本警視のこと、好きになっちゃったり？」

「それはないなー。好みじゃないもん」

「その割りにいい雰囲気やったやん？」

「んー。でもないね！」

尊敬はできそうだが、ピンとこない。

「そっかー。ヨネちゃんの恋路はまだまだ長そうやね」

「まぁ、いい人が見つかったら報告するからさ、そんときはサポートお願いしちゃおうかな」

「んー！　ええよええよ～。任せといてぇ。ヨネちゃんには時間ないもんなぁ」

「わりと真面目にネ」

自分に息子ができたら、娘ができたら……。

そんなことを考えながら米子は小西と楽しくお酒を飲んだ。

第三話「米子、婚活パーティーに出席する」

結婚したいけど、交際している相手がいない。

見合いは時間をかけて一人と出会うだけなので効率も悪い。もちろん、身元を保証する人がいる分、心配も少ないのだが……紹介される人はほぼ警察官。実際にお見合いすると、上司の顔に泥を塗れないからといって結婚する人も多い。

そんな事情に将来を左右されたくない。

だから米子は警察内部から、絡め手を使った親から回ってくる見合い話を断り続けていた。

ならば結婚相手を探す方法は他になにがあるか？

合コン。いや、合コンから結婚に発展するのは、データ馬鹿の藤岡いわくわずか十五パーセント程度。それに、これまでいくつかの合コンに参加してきたが、野武士風イケメン、玉城のように上手くいった試しはない。そもそも出会いから難しいのだ。

さらに言えば、合コン相手は結婚を考えているかどうか判らない。

そう思うと、もっと確実な場所へ向かう必要がある。

というわけで、米子は結婚を考えている人が集まる場所、結婚相談所の会員になってみた。まずはホームページに自分のプロフィールを登録する。それを見て気に入った人がメールを送ってくるというシステムだったが、忙しくて返信できない米子には、あまり役に立たないものだった。

それでも最初の頃はがんばってメールを返していた。だが、良さそうな人はどんどん結婚して退会していくし、残っている人は何かしら問題を抱えている人だった。一番ぞっとしたのは数々の犯罪武勇伝を書いてくる人だった。誰が好んで犯罪者と結婚したいと思うのだろう？

ちなみに被害届けが出ていないか調べたが、該当するものはなかった。ホラ話か、被害届けを出すほどのことではなかったのどちらかだ。

なにが潜んでいるか判らない。結婚相談所はまるで闇鍋だ。

しかし、成功率が高いのは本当で、結婚相談所を使う人の五〇パーセントがゴールインしている。それを信じて退会せず、地道に利用していた。

一週間前のことである。

冬至も過ぎ、いよいよ本格的な冬に入ろうとするその日、非番の予定ができたので、なにかできることはないかと結婚相談所の担当者に相談したところ、婚活パーティーに空きができたので、いかがですかと誘われた。

リミットである三〇歳までもう時間がない。

少し怖いが米子は婚活パーティーへ参加することにした。女性は参加費無料だそうだ。ちなみに男性は四千円から五千円が相場らしい。

その日、婚活パーティーはいくつか開かれるそうだが、伝えられたのは二つ。

一つはお洒落なレストランで和気藹々《わきあいあい》とするもの。

もう一方はホテルの会議室で行われる、出会いの機会を均等にするべく、厳格なルールを強いたがゆえに沈黙に包まれるパーティーだ。

当然、お洒落なレストランの方を……と思ったが、じゃあ、それでと言った時には再度、定員が埋まってしまった。

結果、中津にあるラマダホテルで開かれるパーティーに参加となった。地下鉄御堂筋線の中津駅から出てすぐの場所にある。地上十六階、地下二階。客室数五四七と、かなり大きめのホテルだ。チャペルもあり、結婚式もよく行われている。

また、歴史も長く一九六九年に東洋ホテルとして開業している。二〇〇四年に海外企業が買収したことでラマダホテルと名を変えた。現在、老朽化のために閉館が噂されているが、中は綺麗なものだった。

米子は二階にある中規模の会議室を訪れた。長机と椅子がロの字に配置されている。外側に女性。内側に男性。部屋の隅には司会者が二人いる。男女の組み合わせだ。

「はい、では三分経過しました。男性は隣の席へ移動してください」

司会の七三わけ眼鏡のおじ様が淡々と会を進める。合図があって、男性全員が一斉に椅子から立ち上がると、右隣の席へ移動した。

少しくらいざわめきがあってもいいだろうが、一切ない。席に座る前に話しかけるのも礼儀知らずであるし、隣の人も知り合いではないからだ。お通夜の方がまだにぎやかだと思えるほど。いっそシュールである。

「よろしくお願いします。木原礼良《きはらあきよし》です」

「あ、花田米子と、申します……」

細身で高身長の男性。目尻が少しだけ下がっている。浅黒さもあってか、東南アジアで暮らしていそうな印象があった。

トムヤムクン木原。米子は心の中でそう仇名をつける。失礼極まりないと思うが、こうやって強烈な印象のものと組み合わせて名前を覚える。心理学で言うところの精緻化《せいちか》というものだ。実際にこの方が覚えやすいので仕方ない。

「素敵なドレスですね」

「あ、ありがとうございます」

いきなりそこを突いてくるか！　米子は顔から火が出そうなほど恥ずかしくなった。

参加するに当たってドレスコードがあると聞かされた。かといって米子はちゃんとしたドレスを持っていない。いつもの灰色スーツくらいだ。しかし、婚活パーティーは結婚を目指すパーティー。気合を入れねばならない！

そう考えた結果、米子は貸衣装の選択を誤り、黒いロングドレスそのものを着るハメになったのだ。もし朝に戻れるなら自分に水をぶっかけてやりたいところだ。お陰で常に周りが気になっている。間違いなく「なに、あの勘違いしてきちゃいましたドジっ子アピール。マジうざいんですけど」的に思われているに違いない。

米子は顔の火照りを収めるため、テーブルに置いてある水を思い切り煽った。

「ど、どうしたんですか？　緊張されてます？」

「い、いえ、ちょっと喉がかわいちゃって！」

「そ、そうですか」

そして会話は途切れる。この静寂に包まれた間がたまらない。周りも話が弾んでないのか静かなものだ。きっと婚活パーティーの中でも群を抜いて荒れ果てた会場と言えるだろう。

米子はどうするか迷った。

本当はいくらでも話を聞き出せる。刑事という職業上、当然だ。逆にできなくてどうするのか。

しかし、心配なことがたくさんある。

話に綻びがあればそれを突いていくし、受け答えが鈍ければムッとするし、裏を取ろうとしてしまう。事情聴取はもう職業病だと言っていいはずだ。

（これで結婚できなかった場合、労災とかおりないかな……？　おりないか……）

きっと藤岡なら「自業自得でしょう？　それで労災がおりるなら、タンスに小指をぶつけても労災がおりますよ」などと言うに違いない。

腹が立ってきた。そして非番の日にまで藤岡のアホのことを思い出して心底、損をした気分になる。

思い切りため息をついてしまった。

なぜかトムヤムクンは軽く笑った。

「あ、す、すみません！　ため息なんかついちゃって！」

「いえいえ、かわいらしい人だって思いましたよ」

「えっ？」

思いがけない一言に胸がときめく。

「顔、真っ赤にしたり、水を飲んで落ち着こうとしたり、なんか、むっとされてたり、落ちこんだり、焦ったり、感情が豊かなんですね」

天使か。

コイツは天使か⁉

荒涼としたこの婚活パーティーに現れた救世主なのか⁉

トムヤムクンと呼んでいたことを心の中で謝る。土下座ではすまない。五体投地である。

「そんな、か、かわいいだなんて……」

「よく言われません？　僕は感情が豊かな人、素敵だなって思いますよ？」

恥ずかしい！　より顔が熱く、赤くなっていくのが自分でも判る。

「そ、そんなことありませんよ……」

いや、いつもイライラしているから、感情が豊かだと言われないだけなのか？

そう考えると苛立たせてばかりの職場に対するさらなる苛立ちが湧き上がってきた。

なんだか無限ループしそうで怖い。

「あ、僕、なんか失礼なこと言いました……？」

「え？」

「いえ、いま、ムっとされたなぁって」

しまった。大失態である。

「ち、違うんです！　職場の人のことを思い出したらむかついちゃって！　トム……じゃなくて、木原さんのせいじゃありません！」

「トム……？　外人っぽいです？」

外人は外人でもトムヤムクンであって、トムではない。

「いや、そ、そうですねー。あははは……」

適当な言い訳が思いつかないので、笑って誤魔化すことにした。

「そうですかー？　よくベトナムにいそうって言われるから、ちょっと嬉しいなぁ」

自覚アリ！

「ぐっ！」

笑わないように俯く。かなり我慢している。腹筋が割れそうだ。

「どうかされました？」

「い、いいえ……急にお腹が痛くなって」

笑いを我慢したことによってだが。

「大丈夫ですか？　司会の人に言ってきましょうか？」

慌てる感じで立ち上がる木原。

こんなにいい人を笑っている。罪悪感がおしよせ、おかしな気分を駆逐していった。

「あ、あ、も、もう大丈夫です……すみません」

「あ、ほ、ほんとですか？　なんだかぐったりされてますけど……」

「き、気のせいですよぅ。あ、あはは……ふふ」

おかしな気分は駆逐されたのに、米子は幸せな気持ちになってきた。

それが逆に笑顔を呼び起こす。それにつられてか、木原も笑顔になっていた。

「それでは三分経過しました。席を移動してください」

空気の読めない司会の一言。しかし、三分経ったならしょうがない。なにせ参加者は男三〇名、女三〇名なのだ。一人三分でも総当りすると合計九〇分になってしまう。

この忙しさが婚活パーティーの弱点ともいえる。

「あ、じゃあ、また……」

木原がそう言うので、米子も「あ、はい。また」と言った。

今回の婚活パーティーは大当たりかも知れない。かつてない荒れた土地かと思ったが、そうでもないようだった。

そして運命は五人後にやって来た。

「どうも、初めまして。火野考也《ひのたかや》です。歳は三十五。個人で貿易をしています」

イケメンである。シャープな印象。動物に譬えるなら白いキツネだろうか。どこか病的で儚げだ。身長が高い上に体が細いため、余計そう見えるのだろう。武士で譬えると竹中半兵衛、沖田総司の辺りだろうか？　病弱ではないが上杉謙信のイメージもあてはまる気がする。

「初めまして。花田米子、二十八歳です。えっと、公務員を少々……」

また言ってしまった。また職業を誤魔化そうとしている。ここは結婚を前提に考えている場なのだ。誤魔化して困るのは自分なのに。

「へぇ、公務員さんですか。それはちょっと尊敬しちゃうなぁ」

尊敬、という言葉が出てきて少々、照れてしまう。

「そ、そうですか？　火野さんの方こそ個人で貿易なんて凄いと思いますよ」

褒めあいはコミュニケーションの基本。順調な滑り出しだ。

「いやぁ、国のために仕事してらっしゃるんでしょう？　とっても立派だと思います。僕なんて会社で働くのがイヤで個人貿易してるようなものですし」

苦笑いして見せる儚げフォックス火野。苦笑いでもカッコイイ。

「そ、そんな大したことじゃ……」

警察という仕事には誇りを持っているので、ちょっと嬉しい。

「職種をお訊きしてもよろしいですか？」

「うぐっ……」

来てしまった。この瞬間が来てしまった。

だが、ここで誤魔化すことなどできはしない！

「け、警察官を少々……」

少しだけ、ぼやかした。刑事なんて言ったら、絶対に引かれる。

それに、こんな勘違いドレスを着てきた女が刑事だなんて言っても、見栄を張っている、刑事としての能力は低そう……なんて思われそうだ。

きっと、このぼやかし方が正解のはずだ。

交通課の優しいお姉さんくらいに思って欲しい。

「へぇ……警察官なんですか。それはもっと尊敬しちゃうなぁ」

胸からトクンと音がした。

きた。この瞬間がきた！

警察官だと名乗っても引かれず、むしろ尊敬してもらえる瞬間。

米子の自尊心も満たされ、相手の高感度も満たされる素晴らしい瞬間！

「そ、そうですか……？　でも、そんな大したことないんですけど」

つい顔がにやけてしまうが、謙遜は忘れない。

（控えめ、大人しい米子、かわいい、これ、いける！　絶対、やれる！）

興奮のあまり、考える言葉がカタコトになっている。

「いえ、僕は貿易事業の資金補填の意味もあるんですが、他にデイトレードもやってるんです。でも、やっぱり汗を流して得たお金じゃないでしょう？　なんていうか、一種ギャンブルみたいなものじゃないですか。それに比べたら第一次産業の方とか尊敬するんですよ」

第一次産業とは言うまでもなく農業、林業、漁業、鉱業といった自然から資源を得る業種のことだ。

「それがないと命や文化が繋げませんからね。でも、同じくらい、体を張って国民の命とか、平和とかそういうのを護ってる警官の方も尊敬するんですよ。やっぱり法治国家としての体裁を整えているのは彼らではないでしょうか」

なんだろう。天使を超えて神かも知れない。

「だから、思うんですよね。警官は文化の第一次産業なんじゃないかって」

もっとこの人と話したい。

文化の第一次産業というのは、米子も少し考えていたことだった。

文化を作り出しているわけではないが、文化の礎である平和を作り出していることに違いはないからだ。

警察学校の時、時代劇が好きだった教官が言っていた。

歴史を振り返ると大衆文化が花開いたのは江戸の後期、太平の世である文化文政の頃だ。当然、それ以前に下地があったのは明らかだが、平和あっての下地である。

逆に文明は戦争によって発展してきたと語っていた。実際、ミサイル、ジェット機、原子力潜水艦、コンピューターなどといった文明は第二次世界大戦の頃に生まれた。

ちなみに西洋の文化は日本の文化と違い、貴族が作ってきたのだと言っていた。それはお金のある貴族しか文化に触れてこれなかったからに違いない。十九世紀後半、印象派画家の中にも貴族文化からの脱却する動きがあったとも熱弁していた。つまり、それまでは絵画は貴族のものだったのだ。

それを考えると日本の文化は他とは違う、独特のものだと判る。大衆文化と呼ばれるだけの理由があるのだ。

その独特の文化を育んだのが治安で、それを護ってきたのが同心、警察だと考えれば、今の仕事は本当に誇り高い。

当時はその教官の言葉に感動し、毎日、江戸時代の話を聞きに行った。

そうやって妙な知識を得たからこそ、警官は文化の第一次産業だと思うようになった。

自分が感銘を受けた考えを、まさか婚活パーティーの場で、それも初対面の男性から聞けるとは驚きだ。心が躍る。頭の中では実際に踊っている。ただし、踊り方は洒落たものを知らないので鳥取の伝統芸能、傘踊りだ。鈴が一〇〇個もついた、装飾が派手な蛇の目を振り回す踊りである。

「では、三分経過しましたので席を移動してください」

「あっ」

もっと話したかったが、妄想の踊りに浸っているうちにタイムリミットが来てしまった。これ以上は後半に用意されているフリータイムを活用するしかない。

「また、お話しましょう」

相手からの言葉。これは脈ありだ！

一層、傘が激しく舞う。飛び跳ねたり、ぶん回したりの創作乱舞である。

「ぜひっ！」


全員と喋り終わったのはそれから七〇分後、午後四時のことだった。

後半になると、全員が調子をつかめてきたのか、少しにぎやかな場になった。

トムヤムクン木原、儚げフォックス火野の後も、本当に大漁であった。

ぎこちない話し方をするけれど、純朴で嘘のつけなさそうな小太りビーバー水島。

趣味の時代劇で盛り上がった理屈系男子、眼鏡オランウータン金山。

一番まとまりのよかった中型犬を思わせるザ・一般人《パンピー》土田。

五人もいい感じの人がいたのだ。

当然、婚活パーティーに付き物の、困った人も多かった。年収の話しかしない人。いきなり子供は何人欲しいかなどと言ってくるデリカシーのない人。まったく何も喋らず、ずっとこちらを見ている変わった人。

逆になぜ婚活パーティーに来ているのか判らない人もいた。年収一千万で三十二歳。爽やかなイケメンでどこに結婚できない要素があるのか？　逆にこういうスペックでなければ婚活パーティーに出席してはいけないのかと怖くなる。

婚活パーティーは出会いの場。それは判っているが個性豊かな人が集まりすぎであろう。

ドレスを思うと、自分を含めの状態になっているのは否めないが。

とりあえず次のフリータイムまでの間、気に入った人をランキングにして司会の人へ渡さなければならない。

最低でも一人。多くて五人だ。

今回は大漁であったため、しっかり五人に順番をつけて司会の人へ渡した。

あくまで三分の印象だけで決めるものだが、この後のフリータイムに使用される。

フリータイムは二時間。イベントがない分だけ多い。この間に司会の人はランキングを集計し、お互い良い印象を抱いている人同士をマッチングさせる。

そしてフリータイムが終わった後、軽いイベントを挟んで本命投票を行う。互いに思い合っていれば、カップル成立だ。

その後の付き合いは本人たち次第だが、一応、パーティーを紹介してくれた結婚相談所がバックアップしてくれる。例えば、デートはどこに行けばいいのか、どんな料理を食べに行けばいいのか、どんな服を着ればいいのか、などなどだ。もちろん、担当者によって手厚さはまちまちだが、ないよりはマシだろう。

「それでは準備が出来ているようですので、女性の方から移動を始めてください。フリータイムは最上階にありますレストラン&バー『ランパーダ』で行われます」

司会が案内をする。さっそく米子たちはラウンジにあるエレベータに乗り、最上階である十六階へ向かった。

エレベーターを出てすぐにランパーダはあった。ドアは開けっ放し。右手側にすぐバーラウンジがあるのだが、今はパーティーセッティングでそこにテーブルが二台、上には生ハム、ナッツ、パンなどの軽食が並んでいる。埃がつかないようにか、まだラップがのせられていた。左手側から奥にかけてはレストランフロアなのだろう。膝の高さのパーティションで部屋が区切られていた。今はフリータイムで使いやすいようにテーブルがいくつかの島で固められ、白いテーブルクロスをかけられている。そこにはグラスとビール、それにアルファベットの書かれた席札が置いてあった。

窓は大きかった。中津、梅田が一望できるのは面白い。下から見上げていると判りにくいが、十六階から見ると地上からビルが生えているように見えた。

参加当初は会議室だけだと思っていたので、嬉しい誤算だ。

「では、最初に配った番号札順にテーブルに着いてください」

米子はFテーブルだった。かなり奥の方で、普段は曇りガラスの引き戸で区切られていると思われる場所だ。

すぐに男性陣も二階から上がってきて席につく。米子が一位に指名していた火野は出入り口付近のテーブルにいた。その近くにトムヤムクン木原、ザ・一般人《パンピー》土田。

米子のテーブルには小太りビーバー水島と眼鏡オランウータン金山がいる。

一位の火野と一緒じゃないのは残念だが、水島と金山がいる分だけ良かった。

先ほどはどうも、という意味を込めて軽く頭を下げた。

それに気づいた二人は照れた感じで軽く頭を下げてくれる。

「それではフリータイムは軽食を取りながら歓談していただく形になります。飲み物は部屋奥とバーカウンターでお出ししていますのでご活用ください。アナウンスがあった場合はそれに従ってください。では、開始します」

じわじわと話し声が大きくなっていく。誰かが話し始めると自分の声が聞こえない。声を大きくすると、また隣の人も同じように声を大きくする。その循環で会場は騒がしくなった。

米子は奥のバーカウンターから冷たいウーロン茶をもらう。グラスには紙ナプキンが巻かれた。グラスに結露した雫が垂れないようにだ。ホテル内は空調を効かせているが、大勢の人とドレスが重たいせいもあって暑い。自然と会場の温度も高くなった。放っておくと冷たい飲み物を入れたグラスは簡単に結露してびしょ濡れになる。

サービスが行き届いているなと感心しながらも、少し女子力をアピールするためにナプキンの角を折った。カッターシャツを着た人みたいで可愛らしい。グラス君といったところか。

そんなくだらないことをしている間に、オランウータン金山が食べ物を皿に盛って運んできてくれた。

「どうぞどうぞ、食べて食べて。向こう、混んでて大変だから」

「わぁ、ありがとうございますー」

かわいさアピールのため小さく拍手をする。大丈夫か、あざとい域まで行っていないか？

こういう場は他の女子を押さえて目立った方がいいのは判っている。

だが、悪目立ちして邪魔されるのもまずい。婚活パーティーには婚活パーティーのルールがあるはずだ。新参者でまだまだ判らないことも多いうちは、どこまでやっていいのか慎重に探らなければならない。

「このカルパッチョおいしいですねぇ！」

実は急いで来たのと、緊張していたのでお昼を食べていない。ここで食事が出るのは本当にありがたかった。

「さっきはどうもぉ」

ビーバー水島が話しかけてくる。最初の印象通り丸っこくて可愛い。

「あ、こちらこそー」

「お魚、お好きなんですか？」

「それなりに食べますね」

酒の肴の方がより好みだが。

「へぇ、お若いのに、嬉しいなぁ」

「嬉しいですか？」

「あ、ボ、ボク、漁師してまして……魚好きなんですよ」

「あ、そうなんですか」

本当に魚が好きな人だった。なんだか謝りたい気分になる。

「お魚はぁ、どれがお好きですか？」

スルメとは言いにくい。ここは女らしい魚をなにか言わねば。

「えっと、き、キスですかね……？」

言った後にキスという響きが恥ずかしくなってきた。選択を間違えたかも知れない。

「あぁ、キスですかぁ！　いいですよねぇ。塩焼き、天ぷら、刺身、なんでもおいしいですよねぇ。身がしっかりしてますし、魚自体も綺麗だしぃ」

「あ、ですよねー」

選択は正しかったようだ。

「知ってますぅ？　キスは大体、シロギスのことを言うんですけど、学名はシラゴ・ジャポニカって言うんですぅ」

「へぇ、日本の固有種なんですか？」

「広い地域でとれるんですけどぉ、大昔にこう名づけられたそうです。その時はシロギスを食べるのはきっと日本人だけだったのかも知れません！　でも、最近は漁獲量が足りなくて回転寿司とかではモトギスやぺへレイって代替魚が使われてて、本物の甘さとか身のしまり具合がたのしめな……あ、ご、ごめんなさい。つい興奮しちゃってぇ……」

「あ、いえ、気になさらないでください。面白いお話だから、楽しいですよ」

「ほ、ほんとですかぁ？」

水島は少年のように笑う。三分間の自己紹介の時にも感じたが、やはり純な人だと思えた。好きな魚に一直線で、夢中になって勉強して、夢中になって追いかける。それを職業としているのは純粋に偉いなと思えた。

「う、嬉しいです。なんか、こういう話、女の人は興味ないかなって……」

「人によりますよー。私は大丈夫ですから。それにやっぱり、第一次産業で働いてる人って凄いと思いますし、尊敬しますよ」

「……いるんですねぇ。あなたみたいな人が」

「いやいや、けっこうゴロゴロしてますって」

「そ、そうなんですかねぇ？」

異性と話しなれていない感じがする。それに女性に対する偏った見方をもっているようだ。

内向的な性格の人が、こんな風になりやすい。彼らは大体が失敗体験を重ねている。例えば善意で手伝ったはずなのに怒られたり、何かやれと言われて真面目にやっていたのに、それを認められなかったりした結果、他人との接触を怖がる傾向ができる。他人と交流しないので、テレビやドラマで得られるイメージしか持っていない。よって偏見ができる。

ただ、そういう人は自分がつらい思いをした分だけ、他人に優しい場合も多い。

水島はしきりに俯き、顔を隠すようにしていた。自身の特徴や、行動、生まれなどでネガティブな体験をした可能性があった。

だが、水島が見せる少年のような笑顔は彼の優しさの表れだろう。同時にそれはつらい過去から生まれていると思うと、余計に愛しく感じられた。

「そうそう、シロギスといえば……」

そこに眼鏡オランウータン金山が参加してきた。オランウータンと言っているが、悪口ではない。愛嬌があって可愛いという意味だ。

「江戸時代、天ぷらは庶民が手軽に食べるもので屋台が出てたそうだね。そこでシロギスがよく食べられてたとか」

「へぇ！　串カツみたいなものなんですかね？」

大阪名物の串カツは米子の大好物だ。ただ、いつも行っている串カツ屋『串升』は他の串カツと一味も二味も違う。思い出すと余計にお腹が減った。

「串カツ、串カツがお好きなんですか？」

そしてここで選択が迫られる。果たして串カツが好きな女は魅力的なのか？

「は、はい……」

大好物を否定すると串升に行きづらくなる気がしたので、素直に認めた。

「へぇ。おいしい串カツ屋、知ってるけど、紹介しようか？　うちの店の近くだけど」

「あ、本当ですか？」

ちなみに金山は薬局に勤めている薬剤師らしい。

「あー、僕も教えてもらっていいですかぁ？」

水島も参戦。なぜか自分の知っている串カツ屋を教えあう集まりになった。これはこれで収穫だ。

しかし、本命は儚げフォックス火野。彼ともっと話をしなければ。

様子を窺うと、彼はちょうど店の出口を出て行くところだった。耳に携帯電話をあてていたので、仕事関係の連絡が来たのだろう。

その付近にちょうどトムヤムクン木原とザ・一般人土田がいる。あの二人とも話をしておきたい。しかし、この二人に断りを入れて離れるのも申し訳ない。

機会がないかと司会者の方をチラチラ見ていると、名前を呼ばれた。

ナイスタイミングと思い、二人に断りを入れて司会者の元へ行った。

「はい、では次の人のとこへ行ってください」

なにか用かと思いきや、話を中断させる機会をわざわざ作ってくれたようだった。

単なる淡白な人かと思ったが、さすがに手馴れている。

考えてみれば、毎回こんなパーティーをしていれば淡白になるのも仕方ない気がする。司会者が張り切っていても意味がない。

感謝しつつザ・一般人土田のところへ。

「あの。お話、いいですか？」

「あー、これはどうも。花田さん、でしたよね？」

「あ、もう覚えていただけたんですか？　ありがとうございます」

謙虚な自分を見せてアピール！

なんだか狩りの腕が上がってきた気がする。

しかし、名前を覚えてくれていたのは素直に嬉しい。

「楽しんでらっしゃいますか？」

土田からの当たり障りのない質問。これといった特徴がない感じだが、そこになぜか安心感を覚える。だからか、とても話しやすかった。

「あ、はい。なんていうか、いろんな業種の人のお話が聞けるから楽しくて」

「ああ、判りますねぇ。ためになるし、励みになりますよね。どこの業界もがんばってらっしゃるなぁとか。花田さんはよく来られるんですか？　婚活パーティー」

「あ、実はこれが初めてで……」

「そうでしょう。初めてお見かけしたなぁって思いまして」

「土田さんはよく来られてるんですか？」

「実はワタシも初めてなんですよ」

「え？」

「あれ、面白くなかったですかね？」

米子は聞き間違いかと思ったが、そうではなかった。申し訳なさそうな顔をする土田が面白くて笑顔になった。

「ちょっと驚いちゃって」

「そういうことですか。ところで、すごく不躾なことを訊いて良いですか？」

土田はその申し訳なさそうな表情を、もう一つ申し訳なさそうにした。

「あ、はい？　いいですよ？」

一度、お辞儀をし、言葉を続ける。

「……なぜ、ワタシと話そうと思ってくれたのですか？　ワタシ、目立たないと言いますか、あまりパっとしないでしょう？　ですから、気になって」

なんと言うべきか。また米子は選択を迫られる。

その目立たないのが逆に落ち着く……というのは失礼だ。

かと言って、そんなことないですよ、目立ってますよ、と言うのも白々しい。

「雰囲気が、ちょうど私が好きな感じだからですかね」

土田が驚いたような表情を見せた。

「……そんな風におっしゃっていただいたのは、初めてですね」

恥ずかしそうに、また軽いお辞儀をした。

ビーバー水島とも通じるところがある。ただ、土田には純粋という感じはしない。理屈はよく判らないが、それは相性のせいのような気がした。

「そうですね。おまじないって信じてらっしゃいますか？」

「あ、はい。それなりに」

信じきっていても良くないし、ぜんぜん信じないというのもロマンがない。それなりが一番無難な答えに違いない。

「では効き目があるか判りませんけれど、行《ぎょう》はご存知ですか？」

ザ・一般人土田は宗教家なのだろうか？

もし新興宗教だったりしたら気をつけねばならない。警察は新興宗教であるオウム真理教が起こした地下鉄サリン事件以来、新興宗教にとても敏感だ。

「仏教のですか？」

「さすが、ご存知ですね。それです。意外に効果があるんですよ。お奨めします」

警戒度がぐっと上がったのだが、やはり悪い人のように思えない。

　仏教と聞くと安心できそうだが、そうではない。お金をむしりとったり、人を操ろうとするひどい新興宗教は大体が仏教、神道、キリスト教などの派生として生まれている。これは元の宗教を利用したものだからと言える。元の宗教が悪いわけではない。ちなみにオウムという言葉も元は仏教、バラモン教で聖なる音として使用されている『オーム』からきている。

「……具体的には？」

「なにか成し遂げたいものがあるとき、願いがあるとき、好きなものを我慢するという方法です。願掛けって言い方もありますね」

「ああ、試験に合格したいからテレビをみないとかです？」

「それです。少々うさん臭いでしょうが、どうですか？　ご一緒してみませんか？」

　ごくごく普通の人かと思ったが、逆に飛びぬけて変な人だった。

　これからは一般人ではなくて修行系土田と呼ぼう。

「でも、なにするんですか？」

　婚活パーティー中はともかく、その後は守ろうと思わない。

「それでは、婚活パーティーの成功をお祈りして、喋らないとかいかがでしょう？」

「……いやいや、それじゃ確実に失敗しますよ」

一瞬、本気かと思ったが、この人は本気かどうか判らない冗談を言う人なのだと悟った。

「ふふ、ばれましたね。では、こんなのいかがですか？　飲み物は飲みきるまでテーブルに置かない」

守ろうと思えば守れることだし、不自然にならない。

うさん臭いイメージはあるが、付き合ってみるのも面白そうだった。

「それくらいなら、守ってみようかな？」

「よろしいですね。では、乾杯です。婚活の成功をお祈りして」

小さく「乾杯」と言い、軽くグラスを合わせた。

これで密かな約束を共有したことになる。それが親近感を抱かせる効果があるのを米子は知っていた。

新興宗教の危険性はあるが、嫌な人ではない。こうやって仲良くなるのは十分に嬉しいことだった。

しかし、次々と手ごたえを感じる。

素晴らしい狩場だった。

ただ、火野とはどうしても話をする機会が得られない。

今回、一番人気は火野のようだ。次から次に女性が話しかけており、米子のつけいる隙がない。彼女たちは婚活になれているような空気さえあった。

（これが熟練度の差か……）

などと思いながらウーロン茶を飲み、行のことを思い出しながら、いろいろと動いてみた。途中で「子供は何匹、産みたい？」「夜の生活は自由な方がいいですよね」「俺ってば天才だから誰も理解してくれなくて」などなどの、とんでもない発言をする男たちに捕ること五回。そのせいで火野が空いた瞬間を逃したこと三回。実に「ふざけんないや」――人のことを舐めるんじゃないぞ、馬鹿にするな、の状態であった。

そしてさらに「ふざけんないや」の状態になろうとは、微塵も思っていなかった。

火野がまた店の外へ出て行く。今度は携帯電話を耳に当てていなかったので、お手洗いだろうか？

帰ってきたところを今度こそ捕まえる。

米子は飢えた狼よろしく殺気を放ちながら火野を待った。

集中する。

そんな中でも行を忘れずに守っている。ウーロン茶は絶対に机に置かない。

ちょっとしたゲームのつもりだったが、これを守れば成功が近づく気がして、割と本気になりつつあった。

　そのうち、火野が帰って来る。火野は脇のテーブルに置いていた飲み物を手に取り、会場の中央の方へ向かった。話しかけようとしている女の子たちは、うまい具合に他の参加者にブロックされる形となり、まごまごしていた。

　これはチャンスだ。

　米子はすかさず火野の元へ向かった。

「どうも、火野さん」

「ああ、どうも、花田さん」

　しっかりと名前を覚えてくれていたようだ。

「なかなか話せませんでしたね」

　火野がにこやかに笑ってそう言ってくれる。向こうもこちらを意識してくれていたのだ。なんという良い感じなのだろうか。

「そ、そうですね。嬉しいです。そう言ってもらえて」

　火野の紳士な言葉のお陰か、素直になれた。

　普段、素直になれないのは、藤岡たちがイライラさせるからだと、改めて認識した。

「素敵な人はいらっしゃいましたか？」

……と、訊いた途端に米子は冷や汗をかいた。

しまった。これは失言じゃないのか？

気になっているとはいえ、訊くべきことではなかった。

これで否定的な言葉が返ってきたら、どうする気なのか？

肯定的だったとしても自分が素敵な人に含まれてないことを知り、落胆してテンションを下げるだけじゃないのか？

固まっていると、火野はにっこりと笑い、

「いましたよ」

と明るく言った。

「でも、誰かは……教えてあげません」

その視線の先には米子。他でもない米子がいた。

これは、勝利の予感か!?

心の中で再び傘踊りが始まる。乱舞だ。

米子の婚活シャンシャン祭りは最高潮を迎えた。

喜びを落ち着かせるため、米子は持っていたウーロン茶を飲む。

火野も持っていたグラスを傾け、喉に水を流しこんだ。

「あ、へ……ぐ、あ……」

「え、えっ!?」

一瞬、なにが起こったか判らなかった。

火野が細かく痙攣しはじめ、うめき声を上げると、そのまま膝から崩れ落ち、床に倒れこんでしまう。

「火野さん!?　火野さん!?」

水がぶちまけられ、米子のドレスにかかったが気にならなかった。

ただ、米子は必死に火野の名前を呼び続けた。

＊

もう泣くしかない。シャンシャン祭りは土砂降りで中止だ。

米子は会場の端でうずくまり、膝を抱えたかった。

しかし、米子の立場はそれを許さず、現場保存を優先させていた。

そう、パーティー会場は事件の『現場』となった。次々に警官たちが入ってくる。

火野が昏倒してから三〇分。ランパーダには捜機と大阪府警本部、曾根崎警察署の刑事たちが集まって来た。

「おう、米子、どないしたんや、その格好？」

当然のように現れた宮谷は黒いロングドレス姿の米子を見て笑いをこらえている。すぐ後ろには冷ややかな藤岡がいた。

さて、どう答えようかと米子は悩んだ。

今の姿では誤魔化しようもない。

だが、適当な言い訳も思いつかない。

「課長補佐。通報は花田米子という人物からでした」

その間に藤岡が余計なことを言った。

「なんやー、お前、婚活パーテーに参加しとったんかい？　災難やなー」

最初から判っていたくせに、宮谷は慰めるように肩を叩いてくる。いつもなら避けるところだが、今はもうそんな元気がない。貸衣装の選択を誤った時点で、今日の敗戦は決まっていたのかもしれない。

「でもしかしやでー。刑事としては優秀やなぁ」

ニヤリとした顔で米子を見る。まるで熊が牙を剥いているかのようだった。

「さぁ、まずは現状報告や。米子、お前の知ってること言え」

「はぁ……」

「元気あらへんのぅ。しっかりせい」

　背中を叩かれる。米子は大きなため息をつくと現状を報告した。

「被害者は火野考也《ひのたかや》。三十四歳。男性。午後一時より行われていた婚活パーティーに参加。フリータイム中に体の麻痺、意識の混濁、呼吸困難を起こし昏倒。二〇分後に救急隊員の応急処置を受け、病院へ搬送されました。第一発見者はワタクシ、花田米子巡査部長です」

「そこに死亡も付け加えるこっちゃな」

「……亡くなったんですか？」

「そや。そうとうな毒の量だったみたいやで」

「毒……」

「判らんかったんか？　神経毒や。多分、アコニチンかテトロドトキシンやろな。まぁ、アコニチンは水に溶けへんからな。テトロドトキシンで間違いないやろ」

　それを聞いて、不安が襲ってきた。

「じゃ、じゃあ、すぐに吐き出させてたら……助かったんですか……？」

　テトロドトキシンは神経間の情報伝達を遮断する毒だ。細胞そのものを破壊するわけではないので、処置が早ければ助かる可能性がある。つまり、症状が出たときに毒を胃の外へ出せば一命を取り留められたかもしれない。

「まぁ、処置がはやけりゃな。いうたかて無理やろ。なに飲んだかなんて、すぐに判別つくはずないわ。オレでも脳梗塞の方を先に疑うで」

「ただ、判る人はいますよ」

宮谷のフォローの後に、藤岡の嫌味がやってくる。

「あんたならできるって言うの？」

「いえ。僕はできません。できるのは……犯人です」

そう言われ、頭の中で傘がたたまれた。泣いている場合ではない。いつまでも傘で雨を凌いでいる場合ではない。歩かねば。捜査を前に進めなければ。

そうだ。無差別にしろ、火野を狙ったにしろ、殺しを行った犯人は間違いなく存在している。やっと刑事のスイッチが入った気がした。

「ちなみに容疑者どもはどこや？」

「二階の会議室で待機してもらってます。フリータイムの前に使ってたとこです」

婚活パーティーの参加者には悪いが、今は任意――警察からのお願いとして、全員にとどまってもらっている。

当然、監視もつけているが、無差別犯でも逃げ場のない状況で惨事は起こさないだろう。それに、捕まること前提でやっているなら毒のような回りくどいことはせず、銃でも乱射するに違いない。

「よーし、じゃあ犯人の目星、つけていくかー」

宮谷は大きく伸びをする。

「ほれ、米子。出せ」

手を出し、なにか寄越せと小刻みに動かしている。お金でも欲しいのだろうか？

「出せって、なにを？」

「ランキングや。婚活パーティーっちゅうことは、ランキングつけたやろ？」

コイツ。

「どうしても？」

「なんや、捜査拒否か？」

「……今度から、私の好感度を捜査に使うときは、ボーナスかなんか出ません？」

「お前も言うようになったなぁ？　だが断る！」

「なら断る！」

「課長補佐。司会者の方から花田さんのランキングを提出していただきました」

「うぇぇ」

藤岡の行動に思わず奇声をあげてしまった。

「ぬはは。まぁ、信頼しとるっちゅーことや。喜べ」

喜べるはずがない！　そう心の中で叫びながら、米子は肩を落とした。

「……で、本命は？」

宮谷はランキングを受け取って直後、そう訊いてきたが、すぐに判ったようだ。

「仏かい……」

「そ、そんなこと言われましても……」

「そいなら、二番目が一番怪しいっちゅーことやな？」

「いや、二位以下はそんなに？　どっこいどっこいですよ？」

「……まぁ、ええ。藤岡、とりあえずこいつらから事情聴取や。ガイシャについては職業、前科、交友関係、曽根の奴に探らせとけ」

藤岡は「はい」と短く答えると、さっそく指示を伝えるために動いた。

「しかし、どうした。米子レーダー不調け？　こんなに多いと捜査も絞れんわ」

「ちょっと、私が悪いって感じで見るのやめてもらえます？」

「実際に悪いやんけ」

「また理不尽な……」

けれど、はたと気づく。残った人はみんないい人だ。もし仮にランキングの中の誰かが犯人だったとしても、他の誰かが残ってくれれば、ひょっとすればその後、上手く行くのではないだろうか？

少し不謹慎だが、この窮地を救った英雄として慕ってもらえる可能性もある。

ただ、お姫さまを助ける騎士役がやりたいわけではない。

それでもこの苦難を乗り越えれば幸せが待っているかも知れないと思うとモチベーションが上がった。

「まぁ、しかし、どうやって毒を盛って殺したかやのう」

「さらっと水に入れた……は難しいですよね」

「当たり前や。そんなことしたらバレバレや」

「ですよねー。一応、飲んでたグラスを科捜に回すようにもう言いましたけど」

青酸カリなどは刺激が強く、実際はすぐに吐き出してしまう。その点、テトロドトキシンは無味無臭で経口摂取しても気づかない神経毒だ。よく知られているところではフグが挙げられる。

そして致死量はたった二ミリグラム。一円玉が一〇〇〇ミリグラムであることを考えると、恐ろしいほどの殺傷能力だ。ちなみに青酸カリと比べると毒性は八五〇倍と言われている。さらに、毒の効果が出るまでの時間は二〇分ほど。上手くいけば証拠となりそうな物を始末できる時間だ。

「まぁ、確定やろな。しかし、前のコップに盛られてたっちゅー可能性はないんか？」

「被害者が倒れたのを見てたのは私ですし、その前も動向を確認してました。二、三〇分以前から同じグラスを持ってたはずです」

「なるほど。よう見とるのぉ。そりゃ、お気に入りやからなぁ」

ニヤニヤする宮谷。小突き回したい気分に駆られたが、そんな反応をする自分も小学生みたいだと反省し、気にしないことにした。

「ただ、本当に経口摂取なんですかね？」

「お？　なんかあるんか？」

「最近、無痛注射器とかあるじゃないですか」

「そんな足の付きやすいモンが使われたんなら簡単なんやけどな」

持ち物検査をすれば見つかる可能性がある。入手経路も限られる。

「もし仮にや。注射によって直接摂取してたとしたら、一分ともたへん。即効であっちゅー間に仏さんや。お前が見たとき、そんな怪しい動きしてた奴が近くにおったか？」

「え……んー。いや、いなかったと思いますね……」

「せやったらその推論も間違いやな」

「私が見落としてた可能性は?」

「そこは信頼や。お前はそういうとこだけは見逃さへんからな」

認めてもらって嬉しい気持ちもあるが、毎度の米子レーダーの件で差し引き……まだマイナスである。

「そういえば、足がつきやすいといえば、テトロドトキシンの入手経路も足がつきやすいんじゃないですか?」

「そりゃすぐ捜査する。まぁ、科捜からの結果まちやけどな」

その結論も時間をおかずに知らされた。

テトロドトキシンで間違いなく、かなりの量が混入されていたらしい。

パントリーのゴミ箱でも粉末を包んでいたと思わしき紙包みが見つかり、鑑定に回された。

これを捨てたのはホテルの配膳スタッフで、とくに意図はないと証言した。忠実に「綺麗な会場を保つため」としてゴミ掃除をしただけのことらしい。

誰かが混入したことだけは確かだった。

＊

もう日が暮れはじめ、残された婚活者たちも次第に不機嫌になっていた。中規模の会議室とはいえ、六〇人近くが閉じこめられていれば気も滅入るだろう。

それにテトロドトキシンと判ったときと、紙包みが発見されたときとに、繰り返し身体検査が行われた。うんざりするのも判る。

米子は黒いドレスのまま女性の身体検査を手伝った。

参加者だったこともあってか、質問が次から次にやってくる。

いつ帰れるんでしょうか？

容疑者だって疑われてるんですよね？

死因はなんだったんですか？

誰が怪しいんですか？

それらはまだいいとして、悪態をつく人も多い。

ふざけんな。早く帰らせろ。散々だ。なんで巻きこまれなきゃいけないのか。これ、不当な監禁じゃありませんか？　などなど……。

はっきり言って限界が近い。

実務警察六法犯罪捜査規範第八章一六八条三項には「取調べはやむえない理由がある場合ほか、深夜に又は長時間にわたり行うことを避けなければならない」とある。

今回の場合は、この中に犯人がいるかも知れないという事情はあるが、その実、取調べの前提である逮捕がなされてない。こうなると拘留するわけにもいかず、意地でも帰ると言われたら帰らせる他ない。

今は善意に頼るしかないのだ。

中年の給仕が四角いトレーにぎっちり並べられたグラスを持ってきた。部屋の隅にあるサイドテーブルにおくと、別の給仕がもってきた冷水を次々に注いで配っていく。ホテル側の配慮だった。

米子もかなり喉が渇いている。

それを察してか、誰かが水を差し出してくれた。

「あ、どう……も。なんだ藤岡か……」

「お礼もいえないほど失礼な人でしたか？」

「う、また嫌味を……署内でお茶入れてあげてるの私でしょー」

「それとこれとは関係ありませんよ」

まったく、人のテンションを下げるのが上手い男である。

「どう？　上の方、なんか進んだ？」

「いえ、ほとんど。テトロドトキシンの入手口も不明なままですね」

「売買記録はないんだ？」

「そうですね。花田さんのランキングにあった金山仁《かなやまじん》は薬剤師だそうですが、職場にも問い合わせましたが、記録はありませんでした」

となると眼鏡オランウータン金山が犯人の可能性は薄らいだといえる。

「なら、入手経路の特定はかなりきつそう？」

「そうですね。金山仁、被害者、花田さんを除いた五十七名全員を調べるのは相当な時間がかかります」

「難航しそうねぇ……あ、そういえばテトロドトキシンってフグが持ってるんだよね？」

「フグからの抽出はかなり難しいです。それに微量すぎて話にならないでしょう」

「微量すぎるって……フグ一〇〇匹いるとか？」

「いえ、昔、話を聞いたんですが、粉末にしてなにかに混入させようと思ったら一万匹は必要だとか」

「うわぁ……じゃあ、精製したって線はないのか」

そこではたと考えこむ藤岡。

「いえ、精製という方法であれば、可能なものがあります。ただ……」

「ただ？」

「漁師でもいない限り、実現は不可能かと」

……いるし。米子は思わずため息をついた。グラスを持つ力も出せなくなったので、近くのテーブルに置く。

「どうされましたか？」

「い、いや……ね、ビ……じゃなかった水島さんって人が、漁師だよ……」

「なぜ知っているんですか？」

「ランキングに……」

「ああ、なるほど。失念していましたね。……だとすると、その水島が毒の元となる魚を調達し、金山が抽出した……ともいえますね」

「でもそのあの近辺の時間、二人は火野さんのテーブルに近づいてないんだよね」

「なぜ知っているんですか？」

「いや、同じテーブルだったから……」

「なるほど……」

投げて混入させるわけにもいかない。

「あ、ひょっとするとホテルの人と組んだとか？」

「可能性はありますが……交友関係を当たらないと判りませんね」

「それも骨が折れそうねぇ」

「やるしかありませんが」

さすがに藤岡も骨が折れると思ったのか、珍しくため息をついた。そしてテーブルにあるグラスを手にとって水を飲む。

「あ、それ……」

米子のグラスであった。間接キスなどと純情ぶるつもりはないが、なぜ間違えたと思ってしまう。グラスには桃色の口紅がついていたはずなのに。

「どうかしましたか？」

「いや、なんでもないわ……」

改めて言うのも、なにか意識しているような気がして嫌だった。

自分のことを小学生みたいだと思いながら、藤岡がグラスを再びテーブルに置くのを見る。

「あ」

「……またですか？」

「あ、いや……」

一度手にしたグラスを、飲みきるまでテーブルに置かない。そんな行《ぎょう》はどうでしょう？

そう言っていた修行系土田のことを思い出す。

行を破ってしまった。その思いもあるが……ランキングに入っていて、火野の近くにいたのはその土田とトムヤムクン木原の二人である。

嫌な予感しかしない。

けれど、思いついたものは調べるしかない。

「あ、あのさぁ。調べて欲しいことがあるんだけど、お願いできる？」

＊

だらけているところを一般人や同僚に見られるわけにはいかない。

そう思いつつも米子はぐったりとするしかない。

米子は二階のラウンジにあるソファーに突っ伏していた。

かなりの吐き気がする。

（神様はきっと私のことが嫌いなんだ……）

冗談でそう思うが、割と洒落になっていないことに気づく。余計に悲しくなった。

「ヨネちゃん、どないしたん？　ドンマイやでー？」

そう声をかけてきたのはエロ師匠こと村上刑事だった。手には大きく膨らんだビニール袋を提げている。なにか差し入れを買ってきたに違いない。

「村上さぁん……もう、疲れました。米子は疲れました……」

「ほんまどないしたんや？　いつも元気一杯のヨネちゃんらしぃないで？」

米子の近くに座り、ビニール音を立てる。荷物をテーブルに置いたのだろう。

「う、うぅ……話すと長いんですが、自信をなくしそうです」

「また、お気に入りの人が犯人やったん？」

「……短かった……い、いや、まだその可能性があるって話ですけど……」

「うーん。まぁ、また犯人なんやろなぁ」

「……ひどい！」

「せやかてなぁ？　実績がけっこうすごいからなぁ」

「う、うう、反論できない……そして米子の結婚はまた遠のきました……」

「んなら警察官と結婚したらええがな。ワイの嫁さんも交通課の警察官やで？」

さすがにうつ伏せのまま話を続けるのは苦しいと思い起き上がる。

「でも、警察官にいい男っていないじゃないですか……」

「そんなことあらへんよー。藤岡だってええ奴やし。宮谷もええんちゃうか？」

「その冗談は笑えないです……」

「いやいや、冗談あらへんでー」

あの二人のどちらかと結婚？　未来が予想できない。

いや、宮谷なら家庭内暴力に巻きこまれ、藤岡となら仮面夫婦になるに違いない。

どちらもゴメンだ。

「機密の話もあるしなぁ。一般人と結婚もけっこう難しいんやで？」

結婚の前に監察官が一般人相手に内偵を入れるという話を聞いたことがある。警察内部の情報をヤクザやマフィアなどに流されては困るからだ。不穏分子を警察という機構に入れないための予防として取り締まるらしい。

そのため警察官は警察官と結婚するのが喜ばれる。

「藤岡とは長い付き合いなんやろ？」

「だから嫌な部分がいっぱい見えるから却下ですよ……」

「もう判ってるから付き合いやすいっちゅーのもあるでぇ？」

「いやいや、本当、ご冗談を……」

「宮谷くんなんか、まぁ、一回失敗しとるけど、その反省を踏まえていい家庭が築けるんちゃうかー？」

「いやいや、人を道具として見る男ですよ！　最低ですよ?!　絶対、警察じゃなかったらヤクザですよ、あの人……」

　人を道具として扱うのは基本的人権の侵害に相当する。限りなく悪だ。

　冷静に考えると、訴えれば勝利できるのではないだろうか？　いや、惚れた相手が犯罪者だという事例が何件かあったため、その後、犯罪者レーダーとして使用されました。と言ったところで相手にされなさそうだ。無念である。

「まぁ、警官やなかったら、ヤクザやっていうんは否定せぇへんけど」

「否定しないんですね……」

「ちょっとしたきっかけの違いだったりするさかいなぁ」

「は、はぁ。そういうものなんですか……？」

「割とせやで。しかし、他にもいい男は一杯おるし、警察官同士の合コンとかもやっとるはずやろー？」

「う。警察官同士の合コンはいったことないです」

「なんでやー？　一番、結婚の可能性高いでぇ？」

そう言われると反論のしようがない。

実際、女性警察官は署内でもてる。一番の理由は職場における数の少なさだが、次いでの理由は仕事に対する理解が挙げられるだろう。

正直なところ、考えたこともある。その答えも出した。だからこそ、もう警察官との結婚は考えなくなったとも言える。

「……たぶん、怖いんです」

「怖い？」

正直に話すのは恥ずかしかった。けれど、弱っている今は、ぜんぶ話してしまいたい気分でもあった。

「好きになって、犯罪者だったら……警察官が犯罪者だったら……私、その人をかばっちゃうかも知れないです」

村上は「ああ……」と呟いて腕を組んだ。

「それはそれで、正義をまっとうできない自分は死んじゃう気がするんです。自分でなくなっちゃう。でも、かばうのも、全力の愛を捧げれてる気がしますし……そういうのにも憧れちゃいますしね。割と乙女なんですよ。判ります？」

「なるほどなぁ。……なら、ヨネちゃんはなんで警察官になろうとおもったん？」

「それは……初恋の相手がヤクザでして……犯罪がなかったら、その人と幸せになれたかなー、その人、ヤクザやってなかったかなぁって思ったら、犯罪が憎くなっちゃいました」

幼い頃、憧れ、好きになった男は、とても優しかった。もし兄がいれば、こんな人が良かったとも思うほどだった。

米子は智頭《ちず》という小学校に通っていた。大阪、鳥取間を結ぶ『智頭急行』の智頭である。家は智頭駅の近くだった。学校から帰った後、おやつを買いに近くのTOSC《スーパー》へ通った。そこに彼がいつもいたからだ。

たまにおやつを買ってくれる。ゲームの相手をしてくれる。男の子に絡まれたら助けてくれたりした。

ただ、その人はヤクザだった。

それが判ったのは、組同士の抗争で人を殺して捕まったと話を聞かされたとき。中学生になり、大人の恋ができると思った矢先のことだった。その頃は純粋で出所を待とうと思った。優しいあの人が、人を殺したのには理由があると思ったからだった。

彼が出所したのを知ったのはさらに数年がたち、高校二年のときだ。

おかえりなさいと挨拶しに行ったところで、また逮捕されていた。

今度は麻薬所持が罪状らしい。

さすがにその時は呆れ返ってしまった。

更生して帰ってきたと思っていた自分が馬鹿らしかった。今度、出所してくるのはいつになるか判らない。

米子はそこで初めて、恋を諦めた。

初恋の相手に対する呆れが犯罪全体に対する怒りに変わったのは、それからわずか数日後だった。落ちこんでいた気分を自分でどうにかしようとがんばった結果だった。

ヤクザに恋をしたことを思い出すと、今でも時間を浪費したと思う。

「あ、それからもう一つきっかけがありましたね……」

「へぇ?」

「修学旅行で京都にきてたとき、ちょっとおかしな人に絡まれたんですよ。それを助けてくれた人がいて。その人かっこいいなー。私もあんな風になりたいなって思ったんです」

「へぇ、なんやカッコイイのもおったもんやねぇ」

「たぶん、同い年くらいの人でしたけど……名前も住所も聞いてないから、それからさっぱりです」

「そいつを探してみるっちゅーのはどないや？」

「無理ですよ。手がかりなんてまるでないんですから」

「案外、近くにおるかも知れへんで？」

「まっさかー」

「藤岡とか……」

「あの、村上さん？　くっつけたくって、今、捏造しましたよね？」

村上はわざとらしく目をそらして、口を尖らせた。

それでも、可能性は否定できない。顔はしっかり見なかったので、あまり覚えてないのだ。

ちょうど藤岡がロビーに上がってきた。

（意識しちゃうなぁ……）

だが、やはりナイ。藤岡と結婚したところで幸せになれるはずがない！

好きになったら負けだと思う。

（絶対、好きになってやらん！）

「……花田さん？　なぜ僕を睨んでいらっしゃるんですか？　まだ、ストレスがたまるようなこと言ってませんけど？」

「自覚あるならやめようよ⁉」

　この男、やはり好きになれない。

「頼まれていた件ですが……」

「無視なの⁈」

　いろいろと判っててやっている空気だ。一体、なにを考えているのか？

　米子は藤岡躑躅という男が少し判らなくなった。

「相談所が非常に協力的でした。すみやかにこの事態を収拾したいようですね」

「あ、聞けたんだ。よかった」

　報告はそれなりに吉報のようだった。

「四人、いえ、火野を含め、木原、土田、金山、水島の五人は、顔見知りの可能性が非常に高いです」

　凶報だった。

「あ、う……じゃあ、やっぱり別の婚活パーティーで？」

「はい。一緒していますね。全員が一堂に集まったのは今回が初めてのようですが」

　米子は大きくため息をつく。

やはり、神様は意地悪である。
一生結婚できないかも知れない。
そう思うと少し胸が痛んだ。
かつて自分を裏切った初恋の相手が許せないわけではない。
けれど、犯罪を見逃すわけにはいかない。
この痛みを抱える胸に灯った、正義を愛する火を消すことが嫌なのだ。
それは、今まで自分の人生を費やし、選んで勝ち取ってきた大切なものだから。
心の真ん中にあるものだから。
神様がそれを消そうとするなら、逆にとても大切なものに違いない。
神様も嫉妬するほどの宝物なのだ。
ならば、余計に負けていられない。
負けてやるものか。
米子は負けず嫌いをこじらせた。

＊

トムヤムクン木原、眼鏡オランウータン土田、修行系金山、小太りビーバー水島が狭い会議室に呼び出された。中央にサブロクと呼ばれる長方形の机を二つ直列に並べ、テーブルクロスをかけただけの簡単な設営。椅子は両側に四つずつだ。その一方に四人が並んで座っている。

米子の指示である。

ランキングが勢ぞろいしたのを見て、とても悲しい気持ちになった。

米子の左右には藤岡と村上がいる。他に曾根崎警察署の警官に見張ってもらっていた。さすがに男四人を相手にするのは危険が伴うからだ。

「あの、なぜ呼び出されたんですか？」

木原が冷静に声を出した。

「呼び出したのは他でもありません。事情聴取です」

そう、まだ証拠が挙がっていない。他の捜査員にお願いして証拠を固めるように動いているが、自供してもらう方が早い。当然、自供にまで持っていけるかどうかは怪しかったが、米子はあまり心配していなかった。

「ボクたちが、は、犯人ってわけじゃ……？」

水島が怯えた様子で言う。

「えーっと、私はそう思ってます。とても残念ですが……この内の三人が犯人だと思っています」

四人は顔を見合わせた。

「正直に申し上げますと、まだ証拠は挙がっていません」

供述調書を取っていた藤岡と、うんうん頷いていた村上が信じられないといった風に米子を見た。

当然だろう。犯人を前に「証拠は挙がっていない」と言い切る捜査官はそういない。

「ですが、確実に捜査はあなたたちを追い詰めると思っています」

「刑を軽くするために、出頭を促す……ということでしょうか？」

修行系土田が腕を組んだ。

「パーティー中に、お話をさせていただきましたけど、みなさんいい方だと思います。誠実で、思いやりがあって、夢中になれるものがあって、優しい。だから、火野さんを狙ったのにも事情があると、私は思っています」

水島が他三人の顔を気にした。

「火野さんの経歴はこれから調べます。さすがに時間が足りてません。もしかしたら、そこに皆さんが狙う理由が見えてくるかも知れません」

金山が大きくため息をつき、こちらをじっと見つめてきた。

「そうねぇそうねぇ。理屈がたりないから補強してもらえる？　なんで俺らが容疑者になっているのか」

「そうですよね。私の勘みたいですよね。今のままじゃ」

自分の思い込みであったら、どれだけ良かっただろう。

「まず、火野さんの死因はテトロドトキシンという神経毒です。ご存知ですよね？」

金山は頷いて「フグの毒だね」と答えた。

「全員の購入履歴を調べたわけではありませんが、これが比較的簡単に手に入れられるのが、第一類医薬品を取り扱える薬剤師——金山さんのみです」

「でも、俺の購入履歴はもう調べたんだよね？」

「はい。金山さんが関係する販売店でも調べましたが、購入はされていないようです」

「じゃあ、なぜ犯人だと決めつけたの？」

「ここからは推測でしかありませんが……購入されていないんだと思います。もっと別の、手間をかかる方法をつかった。テトロドトキシンの抽出が簡単な動物、例えばヒョウモンダコを使ったとか……」

ヒョウモンダコは一〇センチほどの小さなタコで、体中にコバルトブルー色の輪状の模様を持っている。日本では近畿、中国地方の日本海、太平洋側は千葉県、房総半島以南の海に生息しているという。唾液にテトロドトキシンが含まれ、噛まれると死亡する可能性が高い。ただ、凶暴性が低いのか事故の報告はあまりない。

「ブルーリングオクトパスねぇ……まぁ、たしかに手に入ったらできるかも知れないけど」

「いえ、できたんです。大学の実験室を貸してもらって実験を行っていますよね？　その時、精製されたんでしょう。これも確認を取ります。それに……ヒョウモンダコは市販されていますしね」

「そっちの購入履歴も調べる？」

「いえ、金山さんの購入履歴は調べても出てこないと思います。こっちで出てくるとすれば、水島さんかと。ひょっとしたら、自分で水揚げされたのかも知れませんが」

　自分で水揚げしたとなれば、証拠を見つけ出すのは相当に難しい。

「とにかく、水島さんには悪いですが、家宅捜索の令状を取らせていただきますね」

「え、う、は、はいぃ……」

　水島はやけに大人しかった。

　金山が言葉を続ける。

「なら、仮に俺たちが毒を用意したとしましょうや。どうやって火野に飲ませたの？」

「それは、土田さんに実行してもらったんでしょう」

土田は俯いた。

「土田さん、少し変わった方だと思いましたが……私が『机に置かれた飲み物』を飲まないように気を遣ってくださったんですね。なんだか、恩を仇で返すようで申し訳ありませんが」

「なぜ、そう思われたのですか？」

「火野さんのグラスも、私と同じようにナプキンの端が折ってあった。取り違える可能性が少なからずあった。だから、私が取り違えないよう、身を案じてくださったんだと思います。だけど、それから思うに……本当に恩を仇で返すようで気持ち悪いんですけど、土田さん、あなたがグラスを取り替えましたよね？」

藤岡が米子を見つめた。

「グラスを入れ替えたんですか？」

米子は軽く頷く。

「机に置いたグラスは下手したら誰のものか判らなくなる。けど、目印をつけるようにしてる人なら間違えない」

これは先ほどの藤岡の行動で思いついた。口紅がついているにもかかわらず、グラスを取り違えた藤岡は間抜けだとしかいいようがないが、普通は間違えない。

ただ、もし同じように口紅のついたグラスが隣にならんでいたらどうだろう？

どっちが自分のものか判らなくなる。

しかし、元のグラスが取り去られ、代わりに意図的に目印がつけられたグラスが置いてあったら？

「目印がついていれば、あまり細かく検証せずに口にもっていっても不思議じゃない。そこを、土田さんは利用した。たぶん、これも調べれば出てくると思いますが、土田さんの持っていたグラスに火野さんの指紋か、ＤＮＡ鑑定のできるなにかが残っているはずです。つまり、水島さん、金山さん、土田さんが共犯で、木原さんは何かしらの情報を知っていると思っています」

言い切ると、誰もが口をつぐんだ。しばらくしてやっと木原が口を開く。

「……あー、でも、僕たち知り合いじゃないですよ……？」

他の三人は木原を見つめる。

「その言葉、取り消すなら今のうちですよ？」

「そんなこと言っても、知らないものは知らないです」

「いえ、調べはついています。様々な結婚相談所に問い合わせて、皆さんがどこかしらで一緒していることを確認しました。コンタクトを取ることは可能だったはずです」

そう言っても、実際に知らない振りをされるとかなりつらい。

「それと、知り合いだっていう話はつながらないかと」

木原は、あくまでしらを切るつもりのようだ。

米子は思わずため息を吐いてしまう。

「どうしても認めてもらえませんか？」

「自供を促してるんですか？」

「……その方が、罪が軽くなります。それに、この推察が当たっていれば、絶対に言い逃れはできなくなります。その前に、本当のことをおっしゃってください」

木原だけではなく、全員に視線を送る。

土田、金山、水島は互いに視線を合わせていたが、木原だけが真っ直ぐ米子を見つめていた。

「土田くんのグラスからは、きっとなにも出てきませんよ」

「調べてみないと判らないことです！」

「まずは、僕のグラスを調べるといいですよ」

その場の全員が面食らった。

「え？　どういうことですか？」

木原は共犯者ではないと思っていた。だが、木原の言葉は「自分も共犯者の一人です」と語っているように聞こえた。

「木原さんの、グラスになにかあるんですか……？」

しばらく黙っていたが、木原は目を瞑ると、ゆっくり頷いた。

「僕が、ぜんぶやったんですよ」

「ぜんぶ？」

思わず米子は聞き返した。

「はい、テトロドトキシンも僕がネット通販で手に入れました。簡単ですよ。飲ませた方法は、花田さんの推測どおりです。席をはずしたとき、残った水の量を見て、飲んで調整しました。それから陰で毒を入れてグラスを入れ替えた。出入り口の近くのテーブルだったから、陰が作りやすくて良かったですよ」

場は沈黙した。

米子はあまりの突拍子のなさに、混乱していた。

（木原さんがぜんぶやった？）

混乱しすぎて、木原がまくし立てた話の内容が正しいのか判断できない。

そのせいでかける言葉も見つからない。

必死に木原の言葉を頭の中で反芻し、逮捕すべきかどうか考える。

そのうち、土田が椅子の背もたれに体をあずけ、大きくため息をついた。

犯人が自白して安堵したのだろうか？

見ると、土田は笑っていた。

「抜け駆けは卑怯じゃありませんか？　毒の入手はワタシです。それに、飲み物の量を調節したのも。それを木原さんに渡しました」

「え？　つ、土田さん……？」

今度は土田が自白を始めた。

どういうことだろうか？

木原と土田が共犯だった？

言葉の内容をもう一度、しっかり頭の中で考える。

確かに、土田が木原に毒要りの飲み物を渡せば、一人の人物がテーブルを行ったりきたりする怪しい行動をしなくて済む。道理は通っていた。

そうやって納得している最中に水島が手を挙げ「あの……」と呟いた。

「……そ、それを言ったら、ボクが、テトロドトキシンを用意しましたぁ……」

また頭が混乱する。

三人が共犯？

いや、確かに最初は漁師である水島がテトロドトキシンの元となる魚、ヒョウモンダコを手に入れたと推測していた。これも元の推理通りだ。

つながってきた。逆に混乱が収まりつつある。

木原が最初に言った言葉は、一人で罪を背負うための狂言だったに違いない。

そうなると、次は……

「くぁー、みんなバカだねー。オレも、そう。毒を用意した。いわれたとおり、水島が捕まえてきたタコやカニつかって作った。みんな共犯だよ」

金山だった。愉快そうに笑っている。

四人は視線を合わせ、次々に笑い出した。

米子はその光景に背筋が凍るような感覚を覚えた。

＊

目的は、あの場で火野を殺すことだった。火野は婚活パーティーに現れ、結婚詐欺まがいのことをしたり、体だけの関係を作ったりという、ひどい男だったようだ。実際、いくつかの結婚相談所では出入り禁止になっていた。

真剣に結婚を考えている人を侮辱し、利用している。

まさに人を道具として、物としてみている。

そう考えると米子にも怒りが湧きあがった。

犯人である四人のうち、水島、金山、木原は被害者と関係があった。

水島は父子家庭であった。唯一の姉は母親代わりでもあり、いつも水島の助けとなっていた。父も漁師であったが、海難事故で漁に出られなくなった。姉は高校を出るとすぐに働き、水島もそれに倣った。

お金はあまりないけれど、家族三人の平穏な日々は続いた。そんな姉も婚期を逃さまいと、婚活を始め、火野に出会った。結婚しようと言われ結婚資金五〇〇万を渡した。父の面倒を見ながら、一生懸命に貯めたお金だった。その後、火野とは連絡がつかなくなった。姉は火野の身を案じて警察に行方不明者として届けを出した。後に自身で火野を見つけ、詐欺だったと知った。怒りはなく、ただ己の浅はかさだけを呪い、極度のうつになってしまった。

大切な姉の心をボロボロにされ、水島は生まれて初めて人を呪ったという。

金山はずっと好きだった幼馴染が火野にひどい目に合わされた。

幼馴染は隣の家の娘で、乳幼児の頃から顔をつき合わせている仲だった。小学校、中学校、高校も一緒であったが、付き合うことはなかった。ただ、漠然と二人の間には「この人と一緒に暮らしていくんだろうな」という感覚はあったという。大学で初めて別れることになり、互いの大切さを身にしみて感じた。

毎日、連絡を取り合うまで進展はしたが、ある日、まったく連絡がこなくなった。

金山は急いで大阪へと向かい、幼馴染を探した。住んでいるはずのマンションに向かうと、変わり果てた彼女がいた。風呂場で血を流して倒れていたのだ。自殺だった。しかし、時間があまり経っておらず、一命を取り留めた。その後、硬く口を閉ざしていた幼馴染が、やっと心を開いて金山に真相を教えた。

強引に迫ってきた火野から逃げられず、関係を持ってしまったこと。軟禁状態となったこと。それから薬漬けにされて沢山の人の相手をさせられたこと。その様子を映像に録られ二度と普通の生活には戻れないと思い、自殺したこと。

金山は彼女の心の平穏を取り戻すためにも、火野を殺すしかないと考えた。

木原の妹は、本当に自殺を遂げてしまった。

父と母と兄、妹、そして木原の五人家族。小さなケンカはあったけれど、仲の良い家族だった。

妹は美人で大学のミスコンでも優勝するほどだった。感情表現も豊かで、すぐに怒ったり、泣いたり、笑ったり、恥ずかしがったり、面白い子だった。そんな妹が可愛くてしょうがない木原は兄と一緒に妹の面倒をずっと見ていた。

それなのに妹は火野と出会ってしまった。大学の合コンだったそうだ。それから内緒の付き合いが始まり、気づけば妹は麻薬に手を出すハメになっていた。相手が悪い人間だと気づいていたが、家族を巻きこめないと、自分から距離を取ったらしい。

逆にそれが悲劇を呼びこんでしまった。

ある日、取り返しのつかないことになったと、曖昧な表現で書かれた手紙が実家に届いた。そこには震えた文字と「ごめんね」という謝罪、いくつもの涙の跡が見られた。

家族は一生懸命に妹の行方を追った。そして妹が借りたとされるマンションの一室で、首をくくった遺体が発見された。

もっと強引に一緒にいれば、こんなことにはならなかったのに。

家族一同、人格が豹変するほどに傷つけられた出来事だった。

警察は自殺として捜査を打ち切ったが、木原は納得できなかった。独自に火野のことを調べ、そしてついに正体を摑んだ。婚活パーティーに行くことを知り、新たな被害者が出ないようにと木原も出席した。そこで、他のメンバーとも出会ったらしい。

ただ、四人の中でも土田だけは直接的な被害を受けていない。

しかし、この計画を立てたのは、土田だという。

土田は木原の昔からの友達で、なにをするのも一緒だったらしい。

彼は大切な友達が、その家族が、たくさん傷つけられた。だから犯行を決意したと語った。

とにかく、火野が「女の狩場」と呼んでいた場所で本人を殺す。

それが出来れば、捕まっても良かったのだと言う。

女の狩場、と聞いて、米子はこっそり反省する。

自分も確かに「大漁だ」「狩場だ」と思ってしまったからだ。

実際、婚活パーティーはにぎやかしや茶化しに来るだけの人も多い。

女性は参加費が無料であったり、安くて食事付きであったりと、来るだけでおいしいご飯が食べられることも多い。結婚よりもそっちを目的に来る人も多いそうだ。

自分は真剣だからこそ、相手を射止めるつもりで思った表現だったが、これも相手を尊重していない、ひどい譬えだと思えた。

その後、水島の家からはヒョウモンダコのいる水槽が見つかった。証拠の一つとして押収されて、今は大阪府警本部に置かれている。

捕まって良いのであれば、テトロドトキシンをわざわざ抽出するのは面倒なだけであったはずだ。

証拠を掴ませないため、独自に毒を手に入れて捜査を霍乱《かくらん》するという意味があり、また四人の間には「火野を殺すために、それぞれが役割を果たす」という誓いがあったためと思われた。

もちろん、逃げ切れるものなら逃げ切ろうと思っていたが、やめたそうだ。

米子は本当にやりきれなかった。

復讐したい気持ちは判る。

しかし、実行すれば、相手と同じになってしまうではないか。

米子は大阪府警本部にある自分の机で、今回の事件の報告書を書いていた。

その合間に、自分の家族が殺された場合を考えてみる。

そう、例えば藤岡が大悪党で、米子の家族を陥れた場合だ。

仮に過失だった場合は、まだ怒りの矛先を収められるかも知れない。

それが悪意に満ちていた場合はどうだろうか？

捕まえるだけでは、すまないだろう。

四人とも、そういう心境だったに違いない。

思わず大きなため息をつく。

彼らを、捕まえて良かったのだろうか？

彼らは、火野が生み出すであろう新たな犠牲者を未然に防いだ。その中には米子自身が含まれている気もする。

それでも、殺しは殺し。

人の道にはずれた行為。

見逃しては、正義の火が消えてしまう。

なのに、心の中の火は、空風に吹かれて小さくなっているように思えた。

「お疲れ様です。花田さん」

藤岡が自分の机に戻ってきた。藤岡とは机を隣り合わせにしている。

「出たな大悪党……」

「ん？　なんのことです？」

「いいえ、なんでも。そっちは終わったの？」

藤岡は検察官送致の手続きを起こしていたはずだ。送致されれば勾留（逮捕よりも長い間、身柄を拘束できる）され、さらなる証拠を集めることになる。取調べも行われ、より詳しいことを聞きだすことになる。

それが終わったら起訴か不起訴かの処分が決まる。

「とっくに終わりましたよ。花田さんはどうですか？」

「こっちは……もうちょっとかな」

思わずまたため息を吐いた。

「ランキングが全滅したから落ちこんでいるんですか？」

その一言についカッとなる。

「ちょ、無神経にもほどがあるんじゃない？」

「では、気を遣いましょうか。いたたまれない事件でしたね」

どこにどう気を遣ったのかが気になったが、追及せずにおいた。

またため息が出る。

「元気がないと老けて見えますよ？」

「藤岡はイライラさせることしか言えないのでございますか？」

「……本当は笑って欲しいんですけどね」

意外な一言だったので、思わず藤岡を見つめる。

「……え、ひょっとして冗談のつもりで言ってるの？」

「通じていませんでしたか。もう少し研究の余地がありそうですね」

「なんの研究よ……」

「お笑いです」

米子はこのときほど「センスがないって、こういうことか」と思わずにいられなかった。

嫌味がすべてギャグのつもりだったのなら、藤岡ほど不憫な奴もいない。

「なんか、今、誰よりもあんたが可哀想に思えたわ……あるんだね。こういうこと」

「とても失礼なことを言われている気がしますね……？」

「気のせいだと思う」

「ならいいんですが。……とりあえず、落ちこんでいると、らしくありませんよ」

「さすがに複雑な気持ちにもなるでしょう……」

「そういえば、あの四人が自首する気になった理由、聞きましたか？」

「いや、聞いてないけど……訊いたの？」

「ええ」

藤岡がタブレットを取り出して、こちらに向けた。そこには女の子が一人、写っていた。木原にどことなく似ている。

「花田さんが、似ていたからだそうですよ」

「ん？　この人に？」

顔は似ていないと思う。性格的なものだろうか？

「それぞれの大切な人に、だそうです」

また意外なことを言われた。

あの四人と、事件の前に出会えていたら、誰かと結婚していただろうか？

水島となら、貧しいながらも強い絆を持った家族の一員となって、互いを支えあっていたかも知れない。漁に出る夫を見送り、帰りを待ち、魚料理を作っては海での出来事に思いを馳せる。もしかしたら米子も漁について行くかも知れない。

木原なら、可愛がっていた妹と同じくらい、大切にしてくれたかも知れない。仲の良い家族に迎えられ、暖かい家庭を築き上げていたかも知れない。

金山とは……結ばれないだろう。きっと、幼馴染と金山が結婚し、それを見守ったに違いない。

土田は行を勧めるくらいだ。禅をしに行ったり、各地の寺社仏閣、史跡を訪ねたり、落ち着いた雰囲気ながらも、アクティブな生活が待っていたかも知れない。土田が仲間思いであるからこそ、米子にも友達が増えたかも知れない。

ふと、初恋のヤクザの顔が浮かんでくる。

少しこけた頬。リーゼント頭。ニヤリと口の端をあげる笑顔。

地元で家を持ち、早くに子供を授かって同級生たちの子と遊ばせる。そんな人生もあったに違いない。

どれも、同じだ。

犯罪さえなければ、犯罪が起こるような世界でなければ、幸せになれたはずだ。

どの未来にも、たどり着ける可能性があった。

結婚を遠ざけているのは神様ではない。

人を思いやらない心から生まれる、犯罪という悲しい出来事が、邪魔している。

人が幸せになる可能性を、壊している。

幸せな未来を、粉砕している。

なぜ、優しく生きている人たちが報われないのか？

なぜ、優しい人たちの人生が幸せな結末を迎えないのか？

なぜ、笑って暮らすことを、許してくれないのか？

犯罪は、理不尽で、冷酷で、命だけでなく、幸せをも殺す。

見過ごせるわけがない。

自分が幸せになるためにも、自分と一緒に幸せになってくれるであろう、まだ見ぬ夫のためにも、愛を知っている多くの優しい人たちのためにも、自分は強くあらねばならない。

――私は、刑事だ。

人々の未来を、幸せを、優しい心を守れる立場にある。

――私は、罪を見逃さない。その上で、絶対に幸せになってやる。

自分が幸せになれない。それは、犯罪に幸せを殺されたということ。

幸せになることこそ、真に犯罪に打ち勝つということなのだ。

米子の心に灯った火は、揺らめくことをやめ、強く、強く輝いた。

終幕「米子、串升に通う・冬」

大阪の冬は寒い。底冷えする感覚がある。肌を切るような寒さだ。鳥取の寒さの方が、丸い気がした。雪が降るため、湿気を帯びて空気が柔らかいに違いない。米子は勝手にそう思っている。高校の時はマフラーをしないでも過ごせたのに、今ではマフラーが手放せなくなったのがなによりの証拠だ。

決して歳のせいではない。違うに決まっている。

事件がまた一つ解決し、初めての非番となった。幸せになるために、また婚活をがんばろう……と思ったが、その婚活パーティーで事件が起こったことを考えると、少し休もうという気になった。

普段なら合気道、剣道、華道、書道、読書、料理教室、スポーツジム、着付けなど、嫁に必要だと思われる技能をかたっぱしから勉強する。

米子はとにかく、がんばる女だった。

「報われない努力ほど、心を折るものってないと思いませんか……」

「そうですねぇ」

米子の愚痴を聞きながら串升のオトウさんは、鳥のしそ巻きを揚げてくれている。

夜八時を過ぎた頃、米子は一日中、ほとんど物を食べてないことに気づき、串升を訪れていた。先ほどまで大勢で賑わっていたが、今はもう米子一人だ。

生ビールをあおる。この一口によって一分間の腹筋で消費されるカロリーが補給されたと思うと、なにか物悲しい。

「しかし、そんなに当たるんですか？」

惚れる相手が、法に触れた人であることだ。

「自分でも信じられないくらいですよ……この間なんて四人、いや、五人一度に当てたんです……なんでしょう、なんの罰ゲームなんでしょう、これ……前世で私、なにしたんでしょう？」

ため息が出た。犯罪に負けないためにも正義を貫いて幸せになる、と誓ったが、惚れる相手が犯罪者では、幸せになることは難しい。心も折れるはずだ。

「一度にですか？　どういった状況なんですか……？」

確かに『一度に五人に惚れ、全員犯罪者だった』という部分だけ聞いたら、不思議に思われるに違いない。

米子は『大切な人を傷つけられた人が復讐した事件』のあらましを語った。

「復讐ですか……また、考えさせられる事件ですねぇ」

「ですよねー。私もね、いっつも思うんですよ。そんなことをしても亡くなった人は喜ばないって文句あるじゃないですか。だったら、残された自分たちの気持ちはどうしてくれるんだって。あ、いや、別にだから復讐容認ってわけでもないんですけどね」

「でも、そういう人たちを見抜いて、事件を解決なさったんですね」

「う、うーん……複雑な感じではありますが、そうですね……」

「本当に当たるんですねぇ。……じゃあ、わたしなんてどうですか？」

からかうようにオトウさんが言ってくるので、割と真剣に考えてみた。

「うーん、そうですねぇ。今のオトウさんには惚れそうにないですけど、若い頃なら、惚れてたかも知れませんねー」

「へ、へぇ……」

オトウさんの顔が硬直した。漫画だったら大きな汗でも垂らしてそうな表情だ。

「十七、八歳くらいの頃……とか？」

「……しそ巻きです。お酢でどうぞ」

「ありがとうございますー。まぁ、適当でしょ？　普通、当たるわけないんですよ」

「え、えー、そうですねぇ……」

オトウさんにしては歯切れが悪い。

「……ま、まさか？」

オトウさんは苦笑しながら、頭を下げた。

「すみません。若い頃はやんちゃだったもんで」

「お、おうぅ……」

まさか、この能力が時空を越えるとは予想だにしていなかった。

米子レーダーの呪いからは一生、逃れられそうにない。そう思うと体中から力が抜けていった。

「なんか、すみません……本当に呪われてる……申し訳ないです」

罪悪感がどんどん湧いてくる。たぶん「自分はどうか」と訊いてくれたのは、米子を元気づけるためだろう。過去のことまで判るまいと踏んで「ほら、当たりませんでしたね」と言おうとしたに違いない。その計画もご破算にしてしまうとは、なんともひどい呪いだ。

「謝らないでください。……そうだ。少しばかり、昔話しても、いいですか？」

「オトウさんの、若い頃？」

「はい。そりゃもう、ヤクザもんも手を焼くほどやんちゃだった頃がありましてね」

「まったく、そうは見えないですけどね」

「あー、丸くなりましたよ。それも一重《ひとえ》にある人のお陰です」

米子も初恋のヤクザと、京都で助けてくれた人のことを思い出す。

「当時はロッキード事件とか、中国で大きな地震が起こったりしてたから……何年ですかね」

「えーっと、たしかロッキード事件は一九七六年だったような？」

一応、犯罪史で習ったため覚えていた。

「ああ、確かにそうだった気がします。わたしが高校生の時でしたから」

年齢まで当たったのか？　この呪いの力とは一体。自暴自棄になる寸前で、米子は考えるのをやめた。

「当時、親の仕事の都合であちこち転校してたんですけどね。好きな人ができたんですよ。初めて、そこを離れたくないと思いました。転校の連続で馴染めなかったわたしに、彼女はよく話しかけてくれました」

当時「どうせすぐにまた転校するんだ」と拗ねていたオトウさんにとって、彼女は邪魔な存在だったらしい。けれど、毎日毎日、おはようとさよならの挨拶が繰り返された。

クラスでは噂が立つほどだった。

それが恥ずかしくてオトウさんは余計、邪険に扱ったらしい。

「でも、ある日、訊いたんですね。なんでそんなに付きまとうんだって。そしたら言うんですよ。寂しそうだから。一人でつらそうだからって。ふざけるな、ただの同情かよ。変な気もたせて、なめるなよってなもんですよ」

オトウさんは苦笑した。

「若いって言うのは、ぜんぜん余裕がないもんだなぁと、後になって思いましたねぇ。まぁ、ひどいことを言ったにもかかわらず、その子は毎日、毎日、同じように接してくれましたけどね」

同情だから、下に見られてる。そう思いながら毎日過ごすのは苦痛だった。けれど、ある日を境にオトウさんの見方が変わった。実は彼女自身も病気がちで転校も休学も、なんども体験があったからだ。

「病院じゃ、一人で過ごすことが多かったから、寂しいつらさがよく判るって言ってました。だから、昔の自分みたいで放っておけなかったそうです。それと、自分がしてほしかったことを、まず他人にやってみようと思ったそうですよ」

素敵な人だと思った。

「ただ、その子の入院費とかで、家は貧乏だったみたいなんですよ。取立て屋とか、よく家に来てたみたいです」

取立ては強引で、彼女は怪我をすることもあったらしい。マンションの狭い一室。逃げ場はなく、怖い思いをたくさんしたらしい。オトウさんは取立て屋を追い払う用心棒を買ってでて、彼女の家で過ごすことが多くなった。

「もう、そのあたりから、その子のことが大好きで。でも恥ずかしくて言えなくて」

「いいですねぇ。青春ですねぇ……」

米子の青春はヤクザが牢獄に持っていったと思うと、悲しくなってくる。

「それで、取立てが厳しくなって、知らない間にその子が大怪我したんですよ。犯人は誰だって、探し回って、探し回って……そのとき、警察の人と知り合いましてね。一緒に捜査したんです。気持ちを汲み取ってくれて。高校生の坊主をつれて捜査ですよ？」

素人の高校生と一緒に捜査をするのは、かなり度量と度胸がいる。犯罪者を追いかけるので、安全の保証はないし、素人の行動で捜査をメチャクチャにされる可能性だってある。それを許したその刑事は、よほどオトウさんの心情に思うところがあったようだ。

「それで、警察が手がかりをつかんで、それをわたしが知っちゃって。オレが捕まえてやる！　って意気込んで突進。見つけて、口論になって、喧嘩になって。そしたら、彼女をもっとひどい目に遭わせてやるって言う。その前にてめぇを殺してやるって、ナイフを取り出したんですよ。やばいってな具合で、もみくちゃになって、気づいたら……殺してしまいました。もう怖くてね。逃げてしまった」

思わず米子は息を飲んだ。

まさか人を殺めたことがあるなんて、思いもしなかった。

オトウさんは苦笑しながら話を続ける。

「それから、お世話になってたはずの警官に追われる日々です。すぐに追い詰められましたけどね。必死でしたよ。見逃してくれって。殺したのは認めるが、あの子の傍から離れたくないってね。はい、はまぐりです。そのままでどうぞ」

話をしていても料理の手はとまらない。さすがプロだ。そして相変わらず美味いが、緊張していて、細かい味は判らなくなっていた。

「当然、捕まえられました。捕まえてくれた警官は泣いてましたけど」

罪の大きさから、見逃せない。だが、小さい罪であっても、親しいからといって罪を見逃せば、見逃された方はそれに甘える癖がつく。癖がついた人間はまた過ちを犯す。それに見逃した方は喉の奥に魚の骨が刺さったままになる。

いつかそこが膿み、病は広がってそいつは死んでしまう。

見逃された方もいつか大きな罪を犯して、ひどい目に遭ってしまうだろう。

だから、誰にでも公平な法の前では、誰もが正直でなければ意味がない。

そうでなけりゃ、二人とも死んでしまう。

「そう言われました。そりゃもう、ひどい泣き顔でしたよ。お互いね」

罪を見逃すのも罪……当たり前のことだが、忘れがちなことだ。

誰も見ていないから、互いに知らない振りをしていればと甘えることも多い。

当然、聖者ではないのだから完璧でいられるはずはない。

けれど、昔から「御天道様が見ている」と日本人は自らを戒めてきた。

だからこそ、モラルの高い社会が成り立ったと、警察学校の教官が言っていたのを思い出す。

「それから、その警官さんはこう言われました」

本当の幸せは、妥協や馴れ合いの向こう側にあるんじゃない。

本当のことを貫いた先にあるんだ。

お前は人を殺した。だから法に裁かれる。見なかった振りをし、お前を許してしまえば、今度はお前の恋人に酷いことをしたアイツの罪が、なぜ許されなかったのか判らなくなる。

ただの贔屓だ。人脈を持っている奴なら、どんなことをしても許される世の中になってしまう。

それを一体、誰が許すんだ？

「そんな風に言われて逃げたことを、甘えようとしたことを大いに反省しました。結局、過剰防衛ということになり、情状酌量もあって刑罰は軽減されたんですがね。とにかく、今の自分があるのも、その警官さんのおかげなんですよ」

語り終えたオトウさんは、優しく微笑んでいた。

米子は微笑んでいいのか、悲しんでいいのか判らない気分になった。ただ、気になったことが一つあった。

「……結局、その彼女とは？」

「結婚しました。出所してすぐでしたね。いじらしいもんで、ずっと待っててくれたんですよ。それから、二人でいろいろやって、やっとお店を持って……苦労しましたけど、楽しかったですよ。あいつは、随分前に他界してしまいましたが」

オトウさんの目にうっすらと涙が浮かんでいる。

そういえば、串升の食器棚や調理台には、ペアの置物がいくつか置いてある。鶴、猫、こけし……本当に仲の良い夫婦だったに違いない。

「だから、花田さん。あなたは間違ってないと思いますよ。正しいことを貫いていらっしゃる。わたしは、あのまま逃げ切っていたら、たぶん、まっとうな性根が育たなかったでしょうし、店も持っていなかったでしょう。それどころか、結婚もしてなかったかも知れない。警察のみなさんが正しいことを貫いてくださったおかげで、幸せになったんです」

オトウさんが暖かいお茶を出してくれる。

「だから自信をもってください。花田さんのその力は、呪われたものではないと思います。見掛けは悲しい出会いのように見えるかも知れませんが、本質は人を幸せに近づけてる立派なもの。間違った道に進もうとしている人を見つけ、正しい道に戻している、救いの力だと、わたしは思いますよ」

お茶の温度に負けない、暖かい言葉だった。

「……すみません、ありがとうございます」

それぞれ、みんな苦難に打ち勝って幸せになっている。

そう思うと、負けていられない。

ましてやオトウさんに言わせれば、この力は呪いではないのなら、余計にだ。

「本当にありがとうございます。なんか、勇気づけられました」

「いえ、説教みたいになってしまい、こちらこそ申し訳ないなと。まぁ、お役に立ったなら良かったです」

米子はしばらくオトウさんの結婚生活での苦労や、思い出深い話を聞いたのち、店を後にした。

冬の冷たい空気が、今は清々しく感じられる。

心の火が、新鮮な空気をふくみ、より燃え上がる。

「あなたは正しい」と言う言葉が、背中を押してくれる。

今まで、負けずに正義を貫いたことが嬉しくなった。

捕まえた人たちが正しい道に戻ってくれているなら、本当に嬉しい。

それなら、自分の恋が犠牲になったのもしょうがないと思えた。

ただ、逮捕されても正しい道に戻ってこない人もいる。

初恋の人は、戻らなかった。

もし、自分が捕まえていたら、言葉をかけていたら、あの人の人生も良い方へ向かっただろうか？

いいや、それは驕りだ。

更生する、更生しないは個人次第。

自分は、警察はそのきっかけを与えるにすぎない。

けれど、オトウさんの言葉のように、ちょっとした言葉で気持ちは変わる。

絶対にないとは言い切れない。

自分も、言葉をかけよう。

惚れた相手なら、なおさらだ。

なぜ、なぜ……と、自分の不幸を呪うのではなく、その人の心が救われるように、自分のできる精一杯のことをしよう。

いいお嫁さんになるためにも、人として成長するためにも、もっと優しくなれるように、もっと人のために動けるように、がんばろう。

人はそれを自己犠牲と言うかも知れない。

しかし、米子の中では違う。それが逆に自分のため、理想に近づく方法なのだ。

人に優しくすることは、自分のためでもあるのだ。

その方がもてる、という計算がないわけでもないが、結果、誰もが幸せならいいことだ。そこに偽りはない。

「よし、明日からもがんばろう！」

気合を入れて拳を振り上げる。

思い浮かぶのは大阪府警本部の面々。

「あの人たちも、ああいう話ができれば、少しは尊敬できるのになぁ」

そう呟き、米子は独り、笑いながら宿舎に帰っていった。


その後、エロ師匠こと村上が串升を訪れ、オトウさんと旧交を温めたことを米子は知る由もなかった。

本作は書き下ろしです。
本書はフィクションです。実際の人物や団体、地域とは一切関係ありません。

TO文庫

好評既刊発売中

[劇場版　猫侍]

著：森川秀樹／原案：永森裕二

大人気 TV ドラマの小説版『猫侍』に次ぐ、
異色の時代劇シリーズ第三弾！
――侍と猫のもう一つの出会いを描いた、劇場版が小説に！

TO文庫

婚活刑事——花田米子の絶叫

2014年8月1日　第1刷発行

著　者　安道やすみち
協　力　アミューズメントメディア総合学院
発　行　アミューズメントメディア総合学院　AMG出版
〒150-0011 東京都渋谷区東3-22-14-7F
ホームページ　http://www.amgakuin.co.jp
発　売　TOブックス
〒150-0011 東京都渋谷区東1-32-12
渋谷プロパティータワー13階
電話 03-6427-9625(編集)
0120-933-772(営業フリーダイヤル)
FAX 03-6427-9623
ホームページ　http://www.tobooks.jp
メール　info@tobooks.jp

フォーマットデザイン　金澤浩二
本文データ製作　TOブックスデザイン室
印刷・製本　中央精版印刷株式会社

Printed in Japan　ISBN978-4-86472-280-3